Friedrich Schiller im Sperrgebiet

Gerd Kanke

Friedrich Schiller im Sperrgebiet

Tragikomische Irrfahrt auf der Suche nach
Schillers Zufluchtsort Bauerbach
im Jahre 1987

Wenzel-Verlag, Marburg

Herstellung:
Druckerei + Verlag Wenzel
Am Krekel 47 · 35039 Marburg
Telefon: 0 64 21 / 17 32 60 · Fax: 0 64 21 / 17 32 69
E-Mail: wenzeldruck@t-online.de
Internet: http://www.verlag-wenzel-druck.de

Umschlaggestaltung: Walter Bornmann, Weimar-Wenkbach.
Titel: Friedrich Schiller im Jahre 1786,
Ölgemälde von Christian Xeller nach Anton Graff,
mit freundlicher Genehmigung der Stiftung Weimarer Klassik,
Goethe-Nationalmuseum.

Der Verlag Beltz & Gelberg, Weinheim, gab die Erlaubnis zum
Abdruck der Passage aus Rafik Schami: „Eine Hand voller Sterne“,
erschienen 1987 im Beltz Verlag, Weinheim und Basel.

Die Verse „Rencontre à Paris“ aus
„Wolf Biermann. Alle Lieder“, erschienen 1991 bei
Kiepenheuer & Witsch, Köln, wurden mit freundlicher
Genehmigung dieses Verlages abgedruckt.

Printed in Germany, September 2000

ISBN 3-88293-135-3

Prolog

Aus: Rafik Schami: „Eine Hand voller Sterne"

Onkel Salim erzählte mir eine kurze Geschichte, die er gehört hat. Er nannte das Land nicht, aber ich glaube, diese Geschichte kann an vielen Grenzen jeden Tag passieren:

Ein Fahrgast lachte über die anderen Mitfahrenden, als sie sich der Grenze näherten. Überhaupt war der Mann merkwürdig angezogen. Er hatte nur ein Tuch um das Gesäß gebunden.

„Du hast Schokolade, du ein Radio und du einen Recorder", sagte er und lachte. „Sie werden euch an der Grenze alles wegnehmen. Dieses Land kenne ich, da darf man nichts einführen."

Den Leuten war der Mann unangenehm, doch der wurde nicht müde, sie aufzuziehen. „Was hast du noch da? Eine Uhr, ein Hemd. Und du da, wie willst du mit diesem Mantel durchkommen?"

Die Leute wurden immer nervöser, je näher sie der Grenze rückten. Langsam begriffen sie, warum dieser Kerl fast nackt war, und selbst das Tuch, das er trug war in jenem Land produziert.

Als die Kutsche die Grenze erreichte, waren die Zollbeamten noch strenger mit jedem Fahrgast, als der fast nackte Mitfahrer es vorausgesagt hatte. Er blieb sitzen und lachte, während die Zollbeamten alles beschlagnahmten: Radios, Schokolade und Mantel.

Als er an der Reihe war, triumphierte er.

„Ich bin nackt, und das Tuch ist ja bei euch hergestellt!"

„Du weiß viel, nicht wahr?", fragte der Zollbeamte mit unbewegter Miene.

„Ja, ich lese viel!“, protzte der Mann.
„Und was liest du?“, erkundigte sich der Zollbeamte.
Der Mann zählte viele Bücher auf, und der Beamte notierte geduldig jeden Titel und erkundigte sich höflich danach, wie man den Autorennamen richtig schreibe.
Sobald der Mann aufhörte, fragte der Zollbeamte: „War das alles?“, und der Mann protzte mit einer neuen Reihe von Büchern, die er gelesen hatte. Der Beamte schrieb alles auf, bis es dem Mann dämmerte und ihm übel wurde. Er schwieg.
„So“, sagte der Beamte zu dem Besserwisser, „zweihundert Bücher trägst du im Kopf und willst schmuggeln. Und die Hälfte der Bücher sind verboten. Was diese Schmuggler sich auch immer wieder für neue Methoden einfallen lassen!“, schimpfte er und schickte den Nackten dorthin zurück, woher er gekommen war.

Kontrollpunkt Wartha

Friedrich Schiller ist Oberstleutnant bei den Grenztruppen der DDR. Diese niederschmetternde Erkenntnis verdanken wir der Tatsache, daß in der Gepäckablage unseres geliehenen VW-Busses die nackten Brüste einer blauäugigen Blondine von der Titelseite der Zeitschrift „stern" gewissermaßen als Markenzeichen dieser westlich-dekadenten Illustrierten dem kontrollierenden Grenzorgan buchstäblich in die Augen stachen.

Nun stehen wir hier, von Soldaten mit grauen Kunstpelzmützen ausgesondert aus dem zeitlupenhaft dahinzuckelnden Strom der blitzblanken Westautos und sind Ritualen aus einer relativ niedrigen Zivilisationsstufe preisgegeben. Die forschend-schadenfrohen Blicke der Vorbeifahrenden vermögen unsere finster gestimmten Gemüter nicht zu erheitern. Mit unverhohlener Neugierde werden wir aus dem Schrittempo ihrer Fahrzeuge heraus gemustert. Sensationsgier und das schöne Gefühl, nicht selber betroffen zu sein, sprechen aus diesen Blicken; ähnliche Gaffervisagen sieht man sonst nur noch beim Passieren eines Unfallortes auf der Autobahn... Ja, es sind niemals besonders erfreuliche Abenteuer, die einen am Rande der sogenannten Freien Welt erwarten!

Kleine Genugtuung für uns: Eine schwere Limousine aus südwestdeutscher Produktion kracht auf einen bayerischen Wagen. Dumpfer Knall, Knirschen: Stoßfänger demonstrieren die Sinnlosigkeit ihres Daseins, Glas splittert, ein Kofferraumdeckel wird aufgesprengt. Türen platzen auf, und die beteiligten Autos entleeren sich durchfallartig. Schuldzuweisungen: laut gebrüllt. Kraftworte, Beleidigungen. Alte Knacker als Stürmer und Dränger, als Originalgenies! Die Suche nach Schiller beginnt vielversprechend!

Graue Uniformjacken, Kragenspiegel, barsche Befehle, sofort wieder in die Fahrzeuge zu steigen, „Nur die Herren Kraftfahrer bleiben bitte zwecks Protokollierung des Unfallhergangs neben ihren Fahrzeugen stehen!“ Jochen will das Ganze mit der Videokamera filmen, die wir offen auf dem Rücksitz liegen haben und die im Gegensatz zur bundesdeutschen Fleisch-Fachzeitschrift von den Grenzorganen bislang unbeanstandet geblieben ist. Ich kann ihn nur mit Mühe zurückhalten. An der Grenze filmen! Überhaupt: eine Videokamera in das Territorium der DDR einschleusen! Wenn auch zu kulturgeschichtlichen, nicht zu Spionagezwecken!

Schillers Spuren in Thüringen wollen wir verfolgen; das knappe Jahr seines Bauerbacher Versteckspiels nach seiner Flucht aus Stuttgart im Jahr 1782 wollen wir zu dokumentieren versuchen. Bauerbach in Thüringen, jetzt Bezirk Suhl.

Unser Kleinbus stammt auch aus Bauerbach, aus Bauerbach in Hessen. Verärgerte Bewohner des heutigen Stadtteils von Marburg haben ihn aus Protest gegen eine höchst mangelhafte Nahverkehrsanbindung vor der Schrottpresse gerettet und als „Bauerbacher Bürgerbus“ zu einem alternativen Shuttle aufgerüstet. In großen Buchstaben steht es am schneeweißen Fahrzeug: Bauerbacher Bürgerbus! Wir hatten gedacht, das könne einer Begegnung mit thüringischen Bauerbachern sehr dienlich sein. Und Jochens Motivation, die Fahrt zu begleiten, ist über Schiller hinaus noch eine ganz andere: Er möchte eine Partnerschaft zwischen beiden Dörfern anleiern, eine deutsch-deutsche Partnerschaft wie sie seit Saarbrücken/Karl-Marx-Stadt und Marburg/Eisenach im Zuge der Ostverträge nunmehr möglich geworden zu sein scheint.

Aber noch steht der Bürgerbus unter dem weitgespannten Dach der Abfertigungshalle. Als Unfallzeugen sind wir alle drei vollständig unbrauchbar: Jochen unterzeichnete zum Zeitpunkt des Knalls gerade das Protokoll über die In-Beschlagnahme einer unberechtigt eingeführten Zeitschrift aus dem NSA, wütend und belustigt zugleich, sofern so etwas möglich ist. NSA heißt „Nichtsozialistisches Ausland".

Dietmar hingegen ist auffallend unauffällig damit beschäftigt, einen Zehnmarkschein und mehrere Aluminiummünzen der Staatsbank der DDR, die er verbotswidrig beim letzten Mal aus der DDR aus- und heute (wiederum verbotswidrig) eingeführt hat, aus dem Portemonnaie in die Hosentasche zu transferieren. Und ich, auf dem Rücksitz, bin hingegeben in eben diese Transaktion versunken und versuche, ihm klarzumachen, daß die Grenzorgane der DDR auch nicht davor zurückschrecken, einem auf der Suche nach Schußwaffen und Devisen sogar in den Arsch zu gucken; was soll das da mit der Hosentasche!?

„Pst!", dreht er sich zu mir um: „Du weißt doch, daß hier alles abgehört wird, die haben hochempfindliche Mikrophone überall versteckt!" Was wir nicht wissen, nicht einmal uns vorstellen können zu diesem Zeitpunkt, ist die Tatsache, daß wir und alle andere Autoinsassen der starken Strahlendosis einer Durchleuchtung ausgesetzt sind. Die unter den Wagenboden geschobenen fahrbaren Spiegel offenbaren ja nicht das gesamte Innenleben der Fahrzeuge; man glaubt auf diese Weise, verborgene Passagiere aufspüren zu können. Bei der Einreise in die DDR imperialistische Spione und Saboteure, bei der Ausreise Bürger des eigenen Staates, die man vor eben diesem imperialistischen Westen schützen zu wollen vorgibt.

Und mittenhinein in unser Gespräch über Arsch und Devisen kracht, klirrt und scheppert es, und zwei älteren Ehepaaren ist der Versuch einer glanzvollen Zurschaustellung ihrer geleasten Statussymbole bei der armen Ostverwandtschaft zumindest für heute gründlich verdorben. Sie stehen noch, zur Schadenregulierung, als wir bereits nach einem aufmunternden „Na dann einen schönen Tag noch; die Zeitung bekommen Sie bei der Ausreise gegen Vorlage der Quittung wieder ausgehändigt“, aufatmend den letzten Grenzkontrollpunkt verlassen.

Scheiß auf die Zeitung, die können die Jungs behalten, haben ja sonst nichts zu lachen. Stammen meist aus Sachsen - „Nu, machen Se ma den Gofferraum auf“ - und wohnen kaserniert in Eisenach, gemieden von der Bevölkerung, unbeliebter als die Russen. Kein Mädchen lasse sich von ihnen zum Tanz holen, so haben wir in Eisenach vernommen, bei einer unserer zahlreichen Reisen im Zuge des Kleinen Grenzverkehrs.

„Willkommen in der Deutschen Demokratischen Republik!“ Ein riesiges, rotes Transparent mit gelbem Schriftzug und dem Hammer- und Zirkel-Wappen. Was für verwegene Ansprüche: Deutschland, Demokratie und Republik! Und daß sie das niemals gebakken kriegen in all diesen Volksdemokratien und Volksrepubliken: Demokratie kommt aus dem Griechischen und heißt „Das Volk regiert“, und Republik ist das gleiche in Grün auf Latein! Also, warum „Demokratische Republik“? Doch immerhin noch „Deutsche“, aber wer weiß wie lange noch... Denn das Wort „deutsch“ soll aus dem Sprachgebrauch verschwinden. Aus der „Deutschen Akademie der Wissenschaften“ wurde die „Akademie der Wissenschaften der DDR“, aus dem „Deutschlandsender“ die „Stimme der DDR“. Die Nationalhymne mit der Zeile „Deutschland, einig Vaterland“ ist mittlerweile nur noch ein reizendes Stück Blasmusik...

Rechts der Intershop. Jetzt im November gibt's dort immer prima Dresdner Stollen, gegen Devisen natürlich, klar im Intershop. „Ob Kommunist, ob Klassenfeind, im Intershop sind sie vereint!“ Oder - noch schöner: „Besser rückwärts aus dem Intershop, als vorwärts zum nächsten Parteitag!“ Aber wir haben zu viel Zeit verloren; den Dresdner Stollen müssen wir wohl auf der Rückfahrt bunkern.

Noch eine letzte Kontrollstelle. Jochen fährt sorgsam die vorgeschriebenen 30 Stundenkilometer. Und dennoch: Ein Volkspolizist mit roter Kelle winkt uns nach rechts hinaus in die Parkbucht. „In der DDR ist es vorgeschrieben, stets angeschnallt zu fahren. Weder der Kraftfahrer noch die beiden anderen Herren haben die Gurte angelegt. Ich muß Sie gebührenpflichtig verwarnen!“ 40 Mark - natürlich West - kostet der Spaß pro Person. „Wegelagerei!“, schimpft Dietmar leise vor sich hin, aber doch noch so laut, daß es den Vopo sichtliche Mühe kostet, wegzuhören. Geld einsammeln, Quittung entgegennehmen - wir legen sie zu der anderen. Schill ist der Unterzeichner dieses Mal, ohne Vornamen und Dienstgrad. „Schill, hat der nicht was mit den Freiheitskriegen zu tun?“

Richtig! Der preußische Kavallerieoffizier Ferdinand von Schill war jener „konservative Rebell“, der im Jahre 1809 seinen König mit einem unerhörten Akt militärischen Ungehorsams provoziert hatte. Um Friedrich Wilhelm III. zum nationalen Kampf gegen die Besatzung mitzureißen, ritt er mit seinem Regiment ohne Befehl gegen französische Besatzungstruppen.

„Ich glaube nicht, daß Schill Nachkommen hatte“, sagt Jochen, „der war ein viel zu fanatischer Soldat, und außerdem haben ihn die Truppen Napoleons in Stralsund, übrigens Holländer und Dänen, erschossen, bevor er an Nachwuchs auch nur denken konnte. Auch so ein deutsches Schicksal des 19. Jahrhunderts!“ - „Sag das nicht! Gerade die fanatischen Soldaten sorgen in der Regel sehr früh für Nachwuchs, als Nachschub für die Heere ihres Landesherrn“, erwidert Dietmar.

„Und Friedrich Schiller? Hatte der eigentlich Kinder?“ Diese Frage ging an mich, den Literaturwissenschaftler und ausgewiesenen Schiller-Kenner, der gerade vor einem Jahr eine wohlwollend aufgenommene

Abhandlung im Jahrbuch der Deutschen Schillergesellschaft veröffentlicht hatte. „Doch, er hatte Kinder, zwei Söhne und zwei Töchter!“

Und ich erzähle, daß im Jahre 1889 der Enkel und der letzte Urenkel Schillers, Ludwig und Alexander von Gleichen-Rußwurm das Schiller-Archiv der Weimarer Großherzogin zur Vereinigung mit dem Goethe-Archiv überstellt haben. „Ach was, Gleichen-Rußwurm, ich meine Schiller im Mannesstamm!“ - „Daß es solche Machos wie dich heute noch gibt - *im Mannesstamm*“, schimpfe ich. Obwohl ich noch gar nicht weiß, daß ich in zehn, zwölf Jahren der Vater dreier Töchter sein werde.

„Paß auf, da vorn geht es ab nach Eisenach!“ Vollbremsung, fast ins Schleudern geraten auf der rumpelnden Blaubasalt-Pflasterung der Autobahnausfahrt. „Die stammt bestimmt noch aus Adolfs Zeiten“, sagt Dietmar, der in jenen Zeiten nur mit Mühe, Not und vielen Ausreden der Hitlerjugend fernzubleiben vermochte, ein aufrechter Gewerkschafter, der sich uns beiden Jüngeren immer wieder als Zeitzeuge der späten Hitler-Ära präsentiert.

„Hier stammt alles noch aus Adolfs Zeiten bis auf die Datschen da oben am Berg“, schimpft Jochen, der nur knapp einem halbmetertief versenkten Kanaldeckel ausweichen konnte. Nach Eisenach links abbiegen! Vorfahrt beachten - keiner kommt, außer einem kackbraunen, verbeulten Lastwagen der Marke IFA, dessen Qualmwolke sich mit dem zerrissenen Sprühregen verwirbelt.

Kein Transit

Dreihundert Meter Fahrt, dann wieder rechts ran, auf den Wink eines Uniformierten. Vier Autos stehen dort schon am Rand der Straße, ausnahmslos Westwagen. „Die kontrollieren hier, ob man nicht die Transitstrekke verlassen hat“, sagt Dietmar. „Viele Berlinreisende können der Versuchung nicht widerstehen, doch mal die Wartburg zu besuchen. Als ich klein war, ist unser Vater hier oft Sonntags hinaufgewandert. Ich wollte dann immer den Tintenfleck in Luthers Zimmer sehen, doch wir schauten die Burg nur von draußen an, wir hatten sehr wenig Geld! Aber durch die Drachenschlucht sind wir oft gewandert, das war ein großes Erlebnis für uns Kinder - holt schon mal die Papiere raus!“

„Ich habe sie noch gar nicht weggesteckt“, murmelt Jochen. Er schaltet die Zündung aus; es ist still bis auf das leise Prasseln des Regens auf dem Blechdach des Bullis. Wir stehen; die Scheiben beginnen augenblicklich zu beschlagen. Da vorn tut sich nicht viel - doch, jetzt fährt das erste Auto los, ein dunkler Audi 100, wendet, zieht an uns vorbei, die Insassen mit ausgesprochen unfrohen Minen - zurück auf die Transitstrecke nach Berlin.

Wir anderen Westdeutschen zockeln eine Wagenlänge weiter vor, nähern uns unaufhaltsam einem weiteren Gefahrenmoment unserer Reise: Ein weiterer Uniformierter wird uns durch das herabgekurbelte Seitenfenster in vollendet-kalter Höflichkeit begrüßen und dann ist es völlig einerlei, ob man der CDU oder der

SPD angehört, der Kontostand zählt dann ebensowenig wie Augenfarbe oder Haartracht.

Es zählt allein dieses miese Gefühl tief in der Magengrube, das man bereits seit dem frühen Morgen mit sich herumschleppt, das sich mit der Annäherung an die Grenze stetig verstärkte und das erst weichen wird, wenn wir am Abend die letzte DDR-Kontrollstelle in Richtung Westen verlassen. Immer wieder ist es dasselbe, man gewöhnt sich niemals daran, trotz wer weiß wie vieler Grenzübertritte.

Aber noch haben wir drei Autos vor uns; es dauert ausgesprochen lange mit der Abfertigung; die Zeit erscheint eingefroren:

O nicht genug zu preisende Langsamkeit
Der nicht mehr Getriebenen! Schöne Unfreundlichkeit!
Der zum Lächeln nicht mehr Zwingbaren!

(Heiner Müller)

„Wieso wolltest Du das denn mit Schillers Kindern wissen?“, frage ich Jochen. „Ach, vergiß es, ich dachte für einen Moment, das sei ein gutes Omen für den heutigen Tag. Aber das scheint ja immer besch... zu werden! Außerdem kann ein Nachfahre Schillers wohl kaum so häßlich sein wie der Typ da vorhin an der Grenze. Habt ihr diese Nase gesehen?“

„Was die Nase anbetrifft, da war Friedrich Schiller allerdings ebenfalls vom Schicksal geschlagen“, lache ich. „Zeitgenossen nannten sie einen rechten Entenschnabel! Er hatte überhaupt sehr wenig mit dem gemein, was uns aus seinen erhaltenen Bildern und Büsten wie ein strahlend klassischer Held entgegenblickt: Ein Herr von Scharffenstein, Vertrauter Schillers auf der Hohen Karlsschule in Stuttgart, beschreibt, daß der Genius der Deutschen vom Aufseher des öfteren seiner mangelnden Waschbeflissenheit wegen als ein rechter Schweinepelz apostrophiert wurde! Dieses Wort will ja wohl nicht so recht zu den 'Göttern Griechenlands' passen und müßte eigentlich jeden Schillerverehrer - gelinde gesagt - sehr irritieren."

Ich erzähle den beiden, daß die Gestalt Schillers im übrigen als durchaus einem Storche ähnlich beschrieben wird, mit langen, mageren Beinen, die in weißen, äußerst engen Hosen steckten. Die Unterschenkel waren mit Gamaschen bekleidet, die durch den unterlegten Filz die Oberschenkel an Umfang und Dicke übertroffen haben. Auch der Hals habe sich lang und mager in einer schmalen Roßhaarbinde präsentiert. Stelle man sich nun noch die drei steifen, vergipsten Lockenrollen auf jeder Seite und einen langen hartnäckigen Zopf am Hinterhaupte vor, so erkenne man zumindest, wie schwierig es für den sogenannten Genius in diesem Menschen sein mußte, durch diese Maske hindurchzubrechen.

Heinrich Laube berichtet von einer weißen Papageiennase in seinem pathetischen Gesicht, von roten Augenbrauen, zusammengeschlossen über tiefliegenden grauen Augen, dünne Lippen, die untere leicht vorstehend wie bei den Habsburgern, starkes Kinn, blasse und eingefallene Wangen, von Sommersprossen übersät, die Augenlider entzündlich gerötet, das Haupthaar buschig und dunkelrot. Dazu kam eine kreischende, unangenehme Stimme, die Schiller ebensowenig beherrschte, wie sein Gesicht.

„Wenn ihr euch dann noch einen äußerst bedenklichen schwäbischen Akzent hinzurechnet, so könnt Ihr Euch wohl erklären, wieso die Vorlesung seines 'Fiesko' in Mannheim so unglücklich ausfallen mußte! Alle seine Hoffnungen für die Zukunft waren ja auf Annahme und Aufführung dieses Stückes gesetzt, als er von Stuttgart zunächst nach Mannheim floh! Die bedeutendsten Schauspieler hörten zu, aber einer nach dem anderen schlich sich fort, und jeder erklärte, an dem Stücke sei gar nichts, es sehe dem Verfasser der 'Räuber' ganz unähnlich!"

Jochen gluckst verhalten und Dietmar fragt: "Wieso fahren wir dann eigentlich nach Bauerbach? Das ist ja grauslich! Jetzt erzähl nur noch die Story von den faulen Äpfeln, die er immer in seiner Schublade aufbewahrte, um an dem Gammel herumzuschnüffeln. Das soll ja seinen Geist beflügelt haben!" Jetzt lachen wir alle lauthals und beobachten das zweite Auto, das vor uns wendet und seine griesgrämigen Insassen zurück auf die Berlin-Autobahn trägt. „Das kostet hundert Mark - natürlich West", weiß Dietmar, und - zu uns gewendet: „jetzt hört mal auf zu lachen, sonst denken die Vopos noch, wir machen uns über sie lustig, und das können die überhaupt nicht ab!"

Noch zwei Autos vor uns; die im ersten Wagen scheinen nicht bezahlen zu wollen, heftiger Wortwechsel, dann winkt der Polizist ab, zückt seinen Quittungsblock, schreibt, beugt sich in den Wagen, kassiert. Heftiges, abruptes Anfahr- und Wendemanöver mit aufheulendem Motor, dann schießt der Opel Admiral an uns vorbei. Sein breites Kühlergesicht schaut ebenso grimmig wie sein Fahrer.

Beim Wagen vor uns geht es schnell; er darf offensichtlich in die DDR einreisen und macht sich eilfertig auf den Weg, nachdem sein Fahrer vor Aufregung zweimal den Motor abgewürgt hat. Auch unsere Papiere sind in Ordnung. Der Polizist schaut aber doch noch einmal in das Auto und sieht die Video-Kamera auf der Rückbank. „Ist das in Ordnung so, haben Sie eine Genehmigung dafür?", fragt er Jochen. Der macht sein dummdreistes Gesicht: „Doch, da ist alles in Ordnung! Wo ist denn jetzt die Genehmigung?" Er sucht im Handschuhfach mit den sicheren Griffen desjenigen, der genau weiß, daß er nichts finden wird.

Der Vopo grüßt: „Sie haben ja noch bis Mitternacht Zeit, sie zu finden. Ansonsten rate ich Ihnen, bei der Ausreise die Kamera nicht so offen hinzulegen, denn Sie könnten Ärger kriegen. Videokameras sind nämlich von der Einfuhr durch Touristen ausgenommen, da gibt es auch keine Genehmigungen dafür! Schönen Tag noch!" Er tippt an den Rand seiner Uniformmütze, schnippt ein paar Wassertropfen herunter und wendet sich dem Fahrzeug hinter uns zu, einem Mercedes mit angstvoll guckendem älterem Ehepaar. Jochen schluckt hörbar, startet den Motor und fährt los.

„Das kostet nochmals 40 Mark - aber in West", lache ich. „Der Herr Kraftfahrer haben vergessen, den Fahrtrichtungsanzeiger zu betätigen." - „Leck mich am Arsch!", knurrt der Kraftfahrer genervt, der langsam nun doch seine in zahllosen deutsch-deutschen Grenzübertritten gestählte Geduld zu verlieren beginnt. „Am liebsten würde ich umkehren. Wir sind ja total bescheuert, daß wir uns sowas immer und immer wieder bieten lassen! Ignorieren sollte man diese Bande und ihren beknackten Staat, einfach ignorieren!" Dietmar nickt bekümmert und murmelt etwas von Masochisten, die wir wohl alle seien mit unserem blödsinnigen Hang zum Kleinen Grenzverkehr.

„Sieh es doch einfach sportlich", versuche ich zu besänftigen. „Andere Leute klettern auf hohe Berge oder springen am Gummiseil von Fernsehtürmen, weil sie den 'Kick' brauchen. Vielleicht brauchen wir *diesen* Kick?! Und denkt mal an, was wir später unseren andächtig lauschenden Kindern und Enkeln erzählen können." - „Das glaubt uns doch eh keiner", fällt Jochen mir ins Wort. „Guckt euch doch nur mal diesen Gammel hier an!"

Wir rumpeln an den ersten rußschwarzen Häusern Eisenachs vorbei, links eine Plattensiedlung, riesige Blöcke, novembergrau; ein paar Bäume ringen voller Verzweiflung ihre kahlen Äste, strecken sie dem finsteren Himmel entgegen.

Eisenach-Nord: *Damit wird um 1990 das jahrhundertealte Wohnungsnotproblem als soziale Erscheinung überwunden werden. Auch in den siebziger Jahren sind bei der Gestaltung der entwickelten sozialistischen Gesellschaft so viele Schulen, Kultur- und Klubhäuser, medizinische und sportliche Einrichtungen und Betriebsteile errichtet worden, daß sie hier nicht im einzelnen aufgezählt werden können. Der Besucher unserer interessanten und schönen*

Stadt wird alles selber erspähen und sicher feststellen, daß die fleißigen Werktätigen Eisenachs (1981: 50.000 Einwohner) wie bisher auch in Zukunft die Beschlüsse der Parteitage und der Regierung zum Wohle des ganzen Volkes und des Friedens erfolgreich verwirklichen.

Ich greife mir die Kamera und filme zwischen den Köpfen von Dietmar und Jochen hindurch diese Trostlosigkeit, das gelbe Ortsschild (Eisenach Bezirk Erfurt, Tollwut-Sperrgebiet), das regennasse Straßenpflaster, eine Brücke. Und da drüben läuft der sprichwörtliche Hund, den man eigentlich bei solchem Wetter nicht vor die Tür jagt. Struppig naß das Fell, kohlestaubfarben wie alles hier. Mit scheu gesenktem Kopf läßt er uns vorüberfahren; seine hellen Bernsteinaugen schauen uns vorwurfsvoll hinterher.

Herbst in Eisenach

Immer wieder verreißt es mir die Kamera; brutale Stöße, heftiges Rütteln und Rattern malträtieren die Stoßdämpfer der Karosse. „Hier könnte doch Daimler-Benz seine neue Teststrecke anlegen, und nicht für ein Heidengeld in Schillers Heimat Schwaben die Natur kaputt machen! Hier ist schon alles vorbereitet und fertig; schlimmer kann es einen Pkw kaum treffen!"

Doch, es kann. Ein halb eingebrochener Kanaldeckel gibt nach, und uns wird fast das rechte Vorderrad abgerissen. Jochen flucht verhalten. Schwarze Häuser, dunkle Silhouetten in Novemberdunst, rote Spruchbänder vor grauem Verfall, heftiges Mopedgeknatter. Ein scharfer Braunkohlegestank zieht von draußen herein, vermischt mit den Zweitaktabgasen der Trabis, die in beachtlicher Anzahl die Straße beherrschen, obwohl wir uns ja hier in der Stadt des „Wartburg" befinden. Aber der Wartburg ist ein rechter Luxuswagen und fast unerschwinglich. Zwölf Jahre Wartezeit für einen Trabant sind doch schon völlig ausreichend...

„Stellt euch mal vor, wir würden tatsächlich umdrehen und in zehn Minuten wieder an der Grenze stehen... die würden vielleicht Augen machen!" Dietmar klatscht sich, begeistert von dieser Vorstellung, heftig auf seine kniebundbehosten Oberschenkel. Jochen spinnt den Faden weiter: „Vielleicht ist das für die ja gar nicht ungewöhnlich. Ich würde eher schätzen, die wundern sich über jeden, der länger als eine Stunde auf dem ungastlichen Territorium der DDR verweilt!" - „Wäre aber ein verdammt teures Vergnügen, bei den Eintrittspreisen, die sie hier haben", lästere ich.

Rechts der Bahndamm mit schwarzen Durchfahrtslöchern, links die endlosen Fabrikhallen der Wartburgwerke, marode Ziegelfassaden, bröselnder grauer Putz. Rohrleitungen mit schadhaften Isolierungen winden sich wie aufgeplatzte Riesenschlangen an den tristen Fassaden entlang, überbrücken Einfahrten und da vorne sogar die Straße.

„Laß dich nicht erwischen!" dreht sich Dietmar zu mir um, „das gilt bestimmt als Industriespionage!" Damit deutet er auf die Videokamera. Mir tränt allmählich das Sucher-Auge, und so lasse ich den Apparat sinken. „Klar!" spotte ich, „General Motors oder Ford wären sicher ganz scharf auf dieses Industrie-Ambiente. Wo findet man so etwas schon noch auf der Welt? In einer halben Stunde einen Zeitsprung um fünfzig Jahre unternehmen zu können!" - „Siebzig Jahre, würde ich sagen", wirft Dietmar ein, „und zwar siebzig Jahre *zurück*!!" - „Seht ihr, und genau das ist es, was mich an diesem Land so fasziniert: eben diese Zeitreise über genau dieses Kopfsteinpflaster!" sagt Jochen.

Er bremst den Wagen vor einer roten Ampel ab. Wir sehen die beiden ersten nicht uniformierten DDR-Bürger. Ein alter Mann betritt zögernd die Fahrbahn, liebevoll am Arm geführt von einem Mütterchen mit Kopftuch, das sicher noch älter ist. „Schaut nur, die netten Ampelmännchen!" Jochen deutet auf das grün leuchtende Männchen mit dem großen Hut, das den

Fußgängern freien Übergang signalisiert. Vorbei! Jetzt leuchtet das rote Kerlchen auf. Mit weit ausgebreiteten Armen sperrt es den Weg. Die beiden Alten sind trotz ihres langsam schlurfenden Schrittes bereits während der Grünphase auf die andere Straßenseite gelangt.

Die Entdeckung der Langsamkeit scheint angesagt: bei uns wäre diese Gehzeit längst auf weniger als ein Drittel beschränkt worden; bei uns mißt man am dynamischen Schritt der Jungen. Die netten Ampelmännchen, die menschlichen Grünphasen... Unsere Gemüter besänftigen sich allmählich.

Und da vorne ist auch schon der große Parkplatz zwischen Busbahnhof und Nikolaikirche. Zündschlüssel umdrehen, Motor aus, dreifacher tiefer Seufzer - fertig, fürs Erste wenigstens. Wir sind mal wieder angekommen.

Zwischen riesigen Pfützen mit pechschwarzem Wasser suchen wir unseren Weg durch Dreck und Gestank. Minol-Benzin. Kombinat Schwarze Pumpe. Energie aus Braunkohle. Wir gehen auf das schemenhaft durch Kohledunst und Nieselnebel ragende alte Stadttor zu, vorbei am verfallenden Park-Hotel. Schönster Jugendstil - einst, das ist lange her. Unsere Zeitreise nimmt handgreifliche Formen an: Seit 1927 hat sich hier nichts verändert, nur die Farbe ist abgeblättert, die Fenster sind blind geworden. Gras wächst aus Regenrinnen, Feuchtigkeit steigt im Gemäuer auf, der Hausschwamm blüht allerorten als endemische Charakterfauna der verrottenden Ortschaften, so lange, bis Bagger und die Abrißbirne alles platt machen.

Flächensanierung auch hier im beschaulichen Städtchen: Kahlschlag zwischen Sophien- und Alexander-Puschkin-Straße, massive Eingriffe einer verfehlten Baupolitik im Bereich von Goethestraße und Jakobsplan. Die platt gemachten Stadtviertel werden sinnigerweise mit Plattenbauten aufgerüstet: Neubauten im Großblock; die „Platte" als euphorisch gefeierte Alternative zu solchen vergammelnden Wohnungs-Altlasten.

Originalton einer Reporterin anläßlich eines Neubaubezugs, den Zeitungsausschnitt aus dem „Neuen Deutschland" bewahre ich in meiner DDR-Stilblüten sammlung auf: „Ich erlebte, daß dieser alte, abgearbeitete Gewehrmacher hemmungslos weinte. Er stand ungläubig wie ein Kind in seiner Neubauwohnung und drehte den Warmwasserhahn auf, fummelte völlig unmotiviert an der Leitung der Fernheizung und fuhr dann mit den Fingern über die großen Fensterflächen. Seine Arbeitskollegen, die seine Möbel aus dem alten Häuschen hierher gebracht hatten, standen verlegen an der Tür..." Platte ist besser, Platte ist vor allem billiger, Platte ist sozialistisch!

Von Eisenach bis Wladiwostock, von Leningrad bis Tirana, alles sieht gleich und immer gleicher aus. Und wie überall in diesem Riesenreich verlangsamt sich gleichzeitig die Zeit bis fast zum Stillstand und statt der Zeit hat sich das Land DDR aufgemacht und ist unterwegs, driftet immer weiter ab, ist unterwegs bei Tag und Nacht; *selbst im Schlaf schiebt sich die riesige Scholle mit immer graueren Häusern und einsam umwölkten Industrieschornsteinen nach Osten, Jahr für Jahr Hunderte von Kilometern nach Osten.*

Und in der Nähe Dresdens, fast schon in Wladiwostock angekommen, liegt im Garten bei Kleinzschachwitz bärtig und bebrillt der Dichter Thomas Rosenlöcher und schreibt am Tage- und Nachtbuch seines Dreibuchstabenlandes, am Logbuch der aus der Zeit hinausdriftenden Deutschen Demokratischen Republik.

Im klimatisch weniger begünstigten Eisenach stehen drei fröstelnde Westler vor dem Denkmal des Reformators Martin Luther, des Revolutionärs, des Vorkämpfers für den Marxismus-Leninismus. Wenn da nur nicht seine zwielichtige Rolle während der Bauernkriege gewesen wäre... Wohl doch ein Fürstenknecht... Und nahe der Georgenkirche im Pflaster eingelassen das Kreuz aus hellem Gestein für fünf Anführer des Bauernaufstandes, die an dieser Stelle am 11. Mai 1525 durch den Scharfrichter der Stadt Eisenach enthauptet wurden, weil die Stadtväter mit diesem Mord um die Gunst des am gleichen Tag mit einem starken Heer einrückenden Landgrafen Philipp von Hessen buhlten...

Philipp, der Großmütige: Wenige Tage später, am 15. Mai, vernichtet er mit seiner Streitmacht den Vereinigten Thüringer und Mühlhäuser Haufen der Bauern bei Frankenhausen. Über 6000 der Aufständischen werden erschlagen, ihr Anführer Thomas Müntzer in seinem Fluchtversteck durch Verrat ergriffen, gefoltert, und zu Mühlhausen nebst fünfundzwanzig anderen Aufrührern am 30. Mai enthauptet. Der Großmütige Philipp, damals gerade mal einundzwanzig Jahre alt, zusammen mit dem Kurfürsten von Sachsen Sieger in diesem Gemetzel, beide Fürsten Führer der protestantischen Sache. Ohne Philipp und Friedrich hätte Luthers neue Lehre kaum eine Chance gehabt.

Schwarz und naßglänzend steht der Reformator über uns, Gußeisen aus dem denkmalwütigen Ende des 19. Jahrhunderts, Fettansatz unter weitem Talar. Auf einer der Eisentafeln am Denkmalssockel: Junker Jörg auf der Wartburg, Asylant profitierend von der deutschen Kleinstaaterei wie später Friedrich Schiller. Revolutionär und Fürstenknecht; in seiner Tragik war der rebellische Mönch fürwahr eine Schillersche Gestalt.

In der Tat wollte Schiller das weltbewegende Reformationswerk Luthers in ein historisches Drama einfließen lassen - es entwickelte sich aber anders als ursprünglich geplant: Die Darstellung des Protestes deutscher Geistesfreiheit gegen römisch-hierarchischen Dogmenzwang und Religionsmißbrauch verlegt er ein Jahrhundert weiter hinaus, in die Geschichte des Dreißigjährigen Krieges!

Die elende Geschichte der deutschen Kleinstaaterei und ihrer verheerenden Folgen für die Menschen, für deren Freiheit an Körper und Geist. Die Folgen, die der junge Schiller in der Zwangsjacke eines rechtlosen Untertanen des württembergischen Sonnenkönig-Imitats Karl-Eugen bitter am eigenen Leib zu spüren bekommen hatte... Die Kleinstaaterei, der Flickerlteppich... Ja, die Deutsche Nation hatte innerhalb des römischen Reiches schon immer ein besonderes Zusammengehörigkeitsgefühl entwickelt. Sie wollte sich vereinen, und das tat sie denn auch, und vornehmlich in der Schlägerei.

Jeder mit den Gesellschaftswissenschaften einigermaßen Vertraute weiß, daß dieser Rückfall in eine solche Barbarei den herrschenden Feudalherren anzulasten ist und nicht dem Bürgertum, das sich eigentlich nur entfalten wollte und dafür mehr Freizügigkeit brauchte, als so kleine, miese Herzogtümer bieten konnten. Stadttore, Grenzpfähle, Schlagbäume, Zolleinnehmer, politische Schnüffler und Häscher, alle paar Meilen neue Hindernisse und Grenzen. Und keine Bewegungsfreiheit, schon gar keine Gedankenfreiheit... „Du sagtest einmal, Graul, du getrautest dich, wenn du am Grenzwappen ständest, über das ganze Fürstentum wegzupissen." O seliger Jean Paul!

Und Schiller, in seinem Bauerbacher Exil, wie spottet er so schadenfroh über die wundersame Begebenheit eines berühmten Feldzuges: Der Herzog von Coburg hatte ein Heer ausgerüstet, um seinen kurz nach der Hochzeit erkrankten Vetter, den Herzog Georg von Meiningen, zu überfallen und notfalls sein Erbrecht mit Gewalt zu behaupten. Der Herzog von Meiningen wurde jedoch wieder gesund, und Schillers Spottgedicht erschien unter dem Pseudonym „Simeon Krebsauge, Bakkalaur" am 1. Februar 1783 in den Meiningischen wöchentlichen Nachrichten: *Die Wache vor dem Tor bekommt / gemessene Befehle, / Daß undurchsucht-unangebrummt / entwische keine Seele. / Brieftaschen und Patent heraus - / Sonst - Marsch ihr Herrn ins Narrenhaus. // „Woher mein Freund?" brüllt auf und ab / Die Schildwach an die Fremde. / „Wohin die Reis? Wo steigt ihr ab? / Was führt ihr unterm Hemde? / Torschreiber raus! - Der Herr bleibt stehn! / Man wird ihn heißen weitergehn." // Da war nun mancher Passagier / Dem Korporal verdächtig, / Die Fragen gehn zur Folter schier, /*

Gott aber ist allmächtig: / man visiert von Pack zu Pack, / Doch zeigt sich nichts - als Schnupftoback.

Grenzen und Grenzgänge, Belästigung, Schikanierung, Kujonierung, Vorschriften, Befehle, Verbote: Tradition und Schicksal aller Deutschen durch die Jahrhunderte bis heute. Noch ist es keine Stunde her, daß ....

Verflucht, wir stehen noch immer vor dem regennassen Eisenkoloß; ich habe geträumt; aber so ein Film läuft ja oft in wenigen Sekunden ab, im Leben wie im Sterben... Dietmar erzählt gerade von der Niederschlagung des Kapp-Putsches im März 1920 und von der Ermordung der fünfzehn Arbeiter aus Thal, hier in der Nähe bei Mechterstädt, durch ein Marburger Studentenkorps. Diese grauenvolle Geschichte zum Verhältnis Hessen-Thüringen - auch ein deutsches Erbe, an dem wir alle zu tragen haben - fällt ihm jedesmal ein, wenn wir im Zuge des deutsch-deutschen Kleinen Grenzverkehrs hier vor Luther stehen, auf dem ehemaligen Karlsplatz, heute Platz der DSF, will heißen: der Deutsch-Sowjetischen Freundschaft; einen solchen Platz gibt es wohl in jedem größeren Gemeinwesen der DDR.

Jochen fotografiert das schwarze Denkmal, die düstere Nikolaikirche und, mit dem Denkmalsockel als Vordergrund zur Tarnung und als Vorwand, die wenigen Menschen auf dem schadhaften Trottoir, die viel zu sehr damit beschäftigt sind, den Pfützen auszuweichen, als einen fotografierenden Wessi zu beachten. Kaum Männer, unglaublich viele Frauen mit Einkaufstaschen, -beuteln und -netzen, die Arme sichtlich überdehnt vom Schleppen; graue, sorgenvolle Gesichter, dem Klischee entsprechend, das wir von DDR-Bewohnern haben.

Auch ihre Kleidung entspricht diesem Klischee noch immer, obwohl man jetzt keine steifen, knitternden, schlecht geschnittenen Stoffe mehr sieht. Auch fallen wir Bundis nicht mehr, wie noch vor wenigen Jahren, allein durch unsere Kleidung auf; aber das liegt wohl eher daran, daß Jochen und ich die Jeans bei Woolworth von der Stange kaufen - damit würde sich kein Ossi mehr begnügen; wenn die hier Jeans tragen, dann nur Markenhosen, wie wir sie uns weder leisten können noch wollen. Aber hier scheint das zu einer Art von Statussymbol geworden zu sein, zum Beweis dafür, daß man Westkontakte hat, daß man auf der Höhe der Zeit ist.

Dietmar läuft ohnehin außer Konkurrenz mit seinen Kniebundhosen.

Und auch in der allgemeinen Leibesfülle unterscheiden sich die DDR-Bürger kaum von den Westlern: Hier scheint die Freßwelle allerdings jetzt erst so richtig aufzubranden; vom offenbar zwanghaften Verzehr aller möglichen Gerichte ausschließlich ab Doppelrahmstufe will man hier trotz besserer Einsicht partout nicht abrücken.

Und so heißt es denn: Rein in den Trainingsanzug und die Besorgerqualitäten in der SWG zu täglich neuem Leben erweckt. SWG heißt die Schlange vor einschlägigen Geschäften im DDR-Jargon: Sozialistische Warte-Gemeinschaft. Da ist man auf dem Weg von der Innenstadt zum Bahnhof, drei prallgefüllte Plastetüten in einer Hand, ein heulendes Kind an der anderen, den in der Karlstraße erstandenen ölenden Broiler unter die Achsel geklemmt... KONSUM: Kauft ohne Nachdenken schnell unseren Mist!

HO-Spielwaren. Im Schaufenster Stofftiere, Bauklötze aus dem Erzgebirge, ein Handwerkskasten, eine Puppenküche... Die Karlstraße, Fußgängerzone mit bunt angemalten Fassaden vor verrottenden Gemäuern. Einige Gebäude, wie die alte Ratsapotheke gleich links, liebevoll in ursprünglicher Schönheit wiederhergestellt. Rechterhand das Broiler-Stübchen unter dem Schild mit der Welt erster Broiler-Reklame, gezeichnet von Wilhelm Busch: das Hühnerbein, das aus dem Mund von Max oder Moritz ragt; daneben eine HO-Gaststätte, jetzt natürlich geschlossen. Aber das Schild hängt schon oder noch: „Bitte warten Sie, Sie werden plaziert!"

Die Tragödie Eisenachs, die Tragödie der DDR springt uns bei einem Blick in eine Seitengasse förmlich an, wo ein Spruch vor einer unvergleichlich mürben Fassade verkündet: „Der Sozialismus wird siegen!" Eine ganze Galerie Gartenzwerge mit roten Zipfelmützen, von trüben Fenstern mit abplatzenden Farbresten umrahmt. Kein Weihnachtsschmuck, keine Festbeleuchtung, wo doch in unseren Fußgängerzonen bereits seit Mitte Oktober Glitter und Glamour für weihnachtliche Kaufstimmung sorgen.

Aber das stimmt uns eher versöhnlich. Keine grelle Ankündigung von Dingen, die eigentlich niemand braucht und vor allem, wie schön für das Stadtbild:

Keine aufdringliche Cola-Reklame, keine massive Tchibo-Werbung, kein Tengelmann und kein Aldi. Wie schön! Wie erholsam! Aber die Menschen hier sind ganz verrückt nach so etwas. Und wenn es jemals eine deutsche Wiedervereinigung geben sollte, dann sicher nur wegen Coca-Cola und McDonald!

Aber hier gibt es nicht mal eine „geflügelte Jahresendfigur" in den Schaufenstern, keinen Tannenzweig in der Schnauze des Schweinekopfs im HO-Schaufenster, nur einige einsame „Wink-Elemente", rote Fähnchen, übriggeblieben vom achtunddreißigsten Geburtstag der DDR. Sozialismus und Nieselregen, Kohle- und Minol-Gestank - eine zu fatale Mischung, um so etwas wie weihnachtliche Stimmung aufkommen zu lassen.

Hinter der trüben Glasscheibe der „Modernen Schuhmacherei" ein Schild, von toten Stubenfliegen garniert: „Wegen Überlastung keine Annahme. Nächster Termin: Montag." Oben, hinter dem belaufenen Wohnungsfenster, ein alter Mann im Unterhemd. Feinripp. Die rotbraune Katze neben ihm schaut wesentlich freundlicher.

Das Mädchen

Wir treten in die „Volksbuchhandlung der Wartburgstadt“ ein, bestaunen zunächst das Transparent: „Je stärker der Sozialismus, umso stärker der Frieden“ und dann greifen wir, wie es hier in allen Buchhandlungen üblich ist, zu einem Drahtkorb und gehen suchend die Bücherreihen entlang. Suchend nach aktuellem Material über Schiller in Bauerbach und vor allem nach einer genauen Straßenkarte, um dieses Bauerbach ausfindig machen zu können.

Wie oft sind wir nun in der DDR gewesen? Jedenfalls oft genug, um eigentlich wissen zu müssen, daß man ein Geschäft nicht mit dem Vorsatz betreten darf, etwas zu kaufen, sondern allerhöchstens mit dem Vorsatz, ganz vorsichtig nach dem eventuellen Vorhandensein einer Ware zu fragen... Es gibt natürlich nichts über Schiller - doch da: triumphierend präsentiert von einer dunkelhaarigen Schönheit in schwarzem Rock und weißer Bluse: Fritz Kühnlenz' „Schiller in Thüringen. Stätten seines Lebens und Wirkens.“ Kurzes Blättern: Immerhin fünfundzwanzig Seiten über Bauerbach und Schillers Aufenthalt im Gutshaus der Henriette von Wolzogen, über seine Arbeit am Don Carlos und an der Luise Millerin, besser bekannt unter „Kabale und Liebe“; auch Töchterchen Charlotte von Wolzogen huscht durch die Seiten, voll Anmut und Schönheit, ein blondes Lottchen, in das der Dichter sich leidenschaftlich verliebte. Es begegnet uns auch der eigenbrötlerische, menschenscheue Meininger Bibliothekar Reinwald, späterer Schwager Schillers und während der Bauerbacher Zeit sein Versorger mit geistiger Nahrung aus der umfangreichen Meininger Bibliothek. Danke, danke, vielmals!

Ein unvergleichlicher Blick aus traumgrauen Augen unter langen schwarzen Wimpern senkt sich in Seele und Unvergessenheit - aber mit der Karte kann uns die dunkle Schöne nicht weiterhelfen. Bauerbach ist nirgendwo verzeichnet. Die Deutsche Demokratische Republik verzichtet ganz offensichtlich auf alle Ortschaften, die sich im fünf Kilometer breiten Grenzstreifen zur Bundesrepublik befinden... Wir müssen wohl weiterhin auf unseren Shell-Autoatlas vertrauen, der, von den Grenzorganen unbeanstandet, in unserem VW-Bus liegt.

„Vielleicht bekommen wir ja bei der Volkspolizei eine genaue Wegbeschreibung", meint Jochen hoffnungsvoll lächelnd zu unserem grauäugigen Engel, „wir müssen uns da gleich noch die Genehmigung zur Einreise in den Grenzstreifen holen!" - „So...? Einfach die Genehmigung holen? Und Sie glauben, die werden Ihnen dafür einen Passierschein ausstellen? Wissen Sie, wie oft wir versucht haben, offiziell nach Bauerbach zu gelangen? Das geht für uns DDR-Bürger nur einmal im Jahr, wenn da die Schiller-Festspiele des Arbeiter- und Bauern-Theaters stattfinden." Ihre Augen werden ganz dunkel vor Zorn.

„Waren Sie schon mal dort?", erkundigt sich Jochen. „Nein!", sagt sie niedergeschlagen. „Mein Verlobter war bei den Grenztruppen, und er ist mit einem Kameraden in den Westen abgerückt, als sich eine günstige Gelegenheit bot, in der Gegend von Schmalkalden. Wir schreiben uns noch immer - und das wird natürlich überwacht. Als Verlobte eines Republikflüchtigen darf ich mich nicht einmal hier im Lande frei bewegen. Man hat mir den Personalausweis abgenommen; ich habe Berlinverbot und den PM12." - „PM12, was ist denn das?" - „Das sind provisorische Ausweispapiere, die nicht nur jeden Grenzübertritt unmöglich machen, sondern die mir auch im täglichen Leben noch jede Menge Schwierigkeiten bescheren."

Für eine Bekanntschaft von so wenigen Minuten ist sie sehr mitteilsam, keinesfalls unverbindliche Buchhändlerin, schon gar keine unnahbare Volksgenossin. Nur ein verzweifeltes junges Mädchen. Sie schluckt; fast beginnt sie zu weinen in ihrer Hoffnungslosigkeit: „Sie suchen doch Grenzen? Deutsche Grenzen? - Dazu müssen Sie nicht an die Staatsgrenze zwischen unseren beiden Staaten fahren. Schauen Sie an, wie eingegrenzt unser kleines Dasein hier ist. Dies gibt es nicht, das ist nicht vorhanden. Du willst ein wenig Freiheit? Gucken Sie samstags in die Datschen da draußen vor der Stadt, da spielt sich unsere Freiheit ab. Aber es gibt ja noch Leute, die viel armseliger dran sind, als ich und meinesgleichen. Schauen Sie die beiden dort an..." und sie zeigt auf ein junges vietnamesisches Pärchen, das gerade eingetreten ist und sich schüchtern umsieht. „Nehmen Sie gefälligst einen Korb, wenn Sie hier hereinkommen!", herrscht eine Stimme vom Verkaufstresen die beiden an.

„Sehen Sie, was ich meine? Die Asiaten und die Afrikaner, denen geht es weitaus schlechter. Ich hoffe immer, daß sie es nicht merken, aber ich glaube, sie wissen wohl, wie verhaßt sie hier sind. Dabei sind sie friedlich und haben nie jemandem etwas getan. Im Gegenteil, wir brauchen sie, denn uns fehlen so viele Arbeitskräfte!" - „Und ihren Verlobten, können Sie den nicht wenigstens in Budapest oder am Schwarzen Meer einmal wieder treffen?" Dietmar hatte, wie immer, nicht richtig zugehört vorhin, und so sagt die dunkle Schönheit nochmals traurig: „Nein, ich darf ja nicht einmal mehr ins befreundete sozialistische Ausland fahren." Und mit einem bitteren Lächeln: „Aber wenn wir noch vierzig Jahre lang warten, dann bin ich Rentnerin, dann darf ich ja in den Westen ausreisen!" Mir zerreißt es fast das Herz. Romeo und Julia in Deutschland! Die verdammte Politik, die verfluchten Grenzen!

„Fräulein Berger, können Sie bitte die Kasse übernehmen?!", ertönt die Befehlshaberinnenstimme von vorhin. „Mann, was für eine alte Schabracke, bestimmt eine Parteigenossin", raunzt Dietmar. Die Schöne und das Biest in einem Laden. Die deutschdeutsche Grenze mitten in einer Buchhandlung.

Wenigstens darf ich noch meinen „Schiller in Thüringen" bei der dunkelhaarigen Schönheit bezahlen. Sie schaut kaum auf von ihrer Kasse, ein verschreckter Engel; und wie ich sie vor mir so sitzen sehe, fallen mir die Verse ein: *So leise sind die grünen Wälder / Unserer Heimat, Die kristallene Woge / Hinsterbend an verfallner Mauer, / Und wir haben im Schlaf geweint...* Ich denke es, wage es ihr aber nicht zu sagen. Schiller war das nicht, das war Trakl. Schiller ist viel zu pathetisch für ein trauriges Mädchen!

Den Kassenzettel falte ich sorgfältig zusammen und verstaue ihn in der Brusttasche meines Parkas, genau über dem Herzen. Nicht in erster Linie, um bei der Ausfuhr des Buches an der Grenze die Legalität seines Erwerbs nachweisen zu können, sondern als Reliquie aus den Händen dieses himmlischen Geschöpfes, als Erinnerung an diese wenigen Minuten. Hach, ich bin doch nicht mehr zwanzig?! Schiller hätte sich aber wohl kaum mit einem Kassenzettel als Andenken zufrieden gegeben. Eine Locke von ihrem weichen, dunklen Haar hätte es schon sein müssen, eingefasst von einem kostbaren silbernen Medaillon...

Wieder auf der Straße, wieder im Nieselregen, wenden wir uns nach links. Schiller... Wir müssen zur Volkspolizei; wir brauchen die Genehmigung, auf seinen Spuren zu wandeln! An jedem Ort, in jedem Ding, bleibt ein wenig von der Seele desjenigen zurück, der dort gelebt, der diese Dinge um sich gehabt hat. Die Spuren verwehen zwar, bleiben dem aber kenntlich, der um sie weiß. Auch im Nieselregen. Auch auf dem Weg zur Volkspolizei.

Wir gehen am Rathaus mit seinem eingesunkenen Turm vorbei. Dort links geht es hinauf zum Lutherhaus, auferstanden aus den Ruinen, die der angloamerikanische Bombenterror auch in diesem kleinen Städtchen hinterließ. Nicht Luther, Bach oder die Heilige Elisabeth wollte man bombardieren - John, Tom, Bill und wie die Piloten alle geheißen haben mögen, hatten von diesen Namen wohl nie etwas gehört, sie wollten nur den fucking Germans die Industrie zerschlagen und die Zivilbevölkerung zermürben. Daß kulturelle Werte dabei draufgingen und menschliche Leben, Frauen und Kinder, was sollte das schon zählen in einem Krieg und bei einem Land wie Deutschland, das sich außerhalb aller kulturellen und zivilisatorischen Werte gestellt hatte?

Und außerdem: Was wissen Bomberpiloten von kleinen Kindern? - In einem Keller Eisenachs wurde während eines schweren Luftangriffs ein Mädchen geboren; unter dem Geheul der Sirenen hatte sich die Mutter in den Schutzraum geflüchtet. Beim Krachen der Einschläge, beim Bersten der Bomben, in Staub und Rauch und Angst hatten die Wehen eingesetzt, und während in unmittelbarer Nähe Tod und Verderben auf die verängstigten Menschen herabstießen und mit schwarzen Klauen und feurigen Zähnen nach ihnen griffen, ertönte das dünne Stimmchen des neugeborenen Kindes, dessen Vater bereits seit Wochen irgendwo in der russischen Steppe zu einer Erde zerfiel, von der er nicht genommen ward.

Und in Not und Entbehrung wuchs dieses Kindchen heran, in Ruinen, aus denen der Staat wurde, der dann seine Heimat war, der ihm Nahrung gab, Wohnung und Geborgenheit - und später Arbeit in einer Kinderkrippe. Genau zwanzig Jahre nach dem Luftangriff gebar die junge Frau selber ein Mädchen, jenen dunkelhaarigen Engel, der im real existierenden Sozialismus keineswegs zu einer grauen Maus heranwuchs, sondern zu dem atemberaubenden Geschöpf, das wir soeben gesehen hatten. Ich gehe noch immer wie in Trance. Was für ein Mädchen! Was für eine Perspektive!

Wenn sie - enttäuscht vom real existierenden Zustand, der alles andere als sozialistisch war - jetzt gern in den Westen wollte? Süße Träume, so im Vorübergehen - ach, vergiß es! Zuhause hast du eine Frau, derentwegen du nach Meinung deiner Freunde so oft nach Berlin fährst, allein des schönen Gefühls wegen, zwischen dir und ihr mindestens drei Divisionen der Roten Armee zu wissen...

Ein so schönes Mädchen in dieser grauen, stinkenden Stadt, an diesem hoffnungslosen, trostlosen Ort... Und keine rettende Seele, nicht einmal ein trostreiches Wort. Doch - jetzt fällt mir doch noch etwas von Schiller ein, aber trostreich ist es nicht: *Apoll zerbricht die goldne Leier, / und Hermes seinen Wanderstab, / Des Traumes rosenfarbner Schleier / Fällt von des Lebens bleichem Antlitz ab, / Die Welt scheint was sie ist, ein Grab.*

Das Mädchen. Es hatte nachtschwarze Haare, traumgraue Augen, eine zarte, weiche Haut, und ihre Sprache war eine wunderbare Melodie.

Volkspolizei-Kreisamt

Am Marktplatz die Georgenkirche. Die Heilige Elisabeth ist an dieser Stelle im Jahre 1221 getraut worden. Königstochter aus Ungarn - Grenzen zwischen Dynastien gab es nicht, die waren ja alle untereinander verwandt bis in die jüngste Zeit. Aber das hinderte den „naughty boy Willi“, Kaiser Wilhelm, nicht, gegen das Land seiner alten Tante Victoria zu kämpfen.

Luther hat in der Georgenkirche 1521 gepredigt, auf seinem Weg zurück vom Reichstag zu Worms, der Reichsacht verfallen, gepredigt sicher mit einer Wortgewalt, die erst wieder von Schiller erreicht wurde. Zwei Tage später wird er bei Altenstein scheinbar gefangengenommen und zu seinem Schutz auf die Wartburg entführt.

Johann Sebastian Bach wurde im März 1685 in der Georgenkirche getauft, und er sang als Knabe - wie Martin Luther übrigens auch - im Chor dieser Kirche. Und um diese Stätte, diesen Brennpunkt deutscher Geschichte, besuchen zu können, muß man eine Grenze überwinden, wie sie keiner dieser berühmten Deutschen, wie sie niemand in der Geschichte dieses von jeher kleingeteilten Landes jemals erlebt hat.

Es ist bereits zwanzig nach Zehn; wenn wir noch etwas erreichen wollen, müssen wir uns beeilen. Noch immer ist es düster und nieselig, die Georgenstraße mit ihren tristen Gründerzeitgebäuden, alles im Verfall begriffen, muntert uns auch nicht auf. Im Vorübergehen flüchtiges Wahrnehmen einer Ankündigung der Volkshochschule, auf welligem, verfärbtem Papier, hinter der beschlagenen Glasscheibe: Lehrgang zum Heizer von nicht überwachungspflichtigen Kesselanlagen. Teilnehmer erhalten nach erfolgreicher Prüfung den Befähigungsnachweis. Delegierung erfolgt durch die Leiter der Betriebe...

Vorbei am Schwarzen Brunnen eilen wir. Meine Gedanken aber verharren minutenlang an diesem Platz, der an eine Katastrophe erinnert, von der Eisenach am Abend des 1. September 1810 heimgesucht wurde: Nach den siegreichen Feldzügen hielt Napoleon seine Herrschaft in Mittel- und Osteuropa für gesichert. Die vielen deutschen Grenzen waren für ihn nicht mehr existent, und so ließ er alles nicht mehr benötigte Kriegsmaterial - Geräte, Pulver, Geschosse - nach Frankreich zurücktransportieren.

Ein solcher Zug aus 13 Munitionswagen passierte die Stadt an jenem Abend, aus Richtung Gotha kommend. Einer der drei vorausfahrenden Wagen explodierte aus ungeklärten Gründen und setzte die beiden anderen in Brand. Die starke Explosion ließ ein chaotisches Trümmergewirr zurück: Zweiundsechzig Tote, neun eingestürzte und vierundzwanzig in Flammen aufgegangene Häuser. Der finstere Brunnen mit seinen schwarzen Kugeln als Denkmal des Grauens.

Aber damals war Schiller schon mehr als vier Jahre tot. Und der Major Ferdinand von Schill war ein Jahr zuvor in Stralsund im Straßenkampf gefallen; sein Kopf lag in Spiritus im Museum zu Leiden in Holland. Elf seiner Offiziere hatte man in Wesel stand-

rechtlich erschossen, mehr als 500 Soldaten auf französische Galeeren verbracht.
Deutschland war am Ende. Die erbärmlich wenigen mittelalterlichen Relikte, die noch irgendwie auf das Bestehen einer deutschen Nation hinwiesen, hatte des Franzosenkaisers Reichsdeputationshauptschluß hinweggefegt. Es gab nur noch Fürstentümer von Napoleons Gnaden. Hatte der Tod Friedrich Schillers, den seine Zeitgenossen als größten deutschen Dichter ansahen, die Deutschen so sehr erschüttert, weil er gleichsam mit dem Zusammenbruch des Heiligen Römischen Reiches Deutscher Nation zusammengefallen war?

Inzwischen sind wir in der August-Bebel-Straße angelangt. Hausnummer Sechs: das Volkspolizeikreisamt. Hierhin richten wir immer unsere Anträge auf Einreise in die DDR, hierher begeben wir uns heute persönlich, um einen Passierschein für den Sperrbezirk zu erhalten. Linoleumfußboden, grüngraue Ölfarbe an den Wänden. Der penetrante Geruch einer zwischen Helmstedt und Wladiwostock endemischen Chemikalie verkündet auch der Nase: Jetzt bist Du im Innern einer volkseigenen Behörde.

Wir folgen dem Schild „Anmeldung von Bürgern aus der BRD und anderer ausländischer Besucher“. Keine Wartezeit, Eintreten ohne Anzuklopfen. Ein hoher, grauer Tresen, dahinter zwei Beamte in Polizeiuniform. Einer tippt mit einem Finger auf der Schreibmaschine, der andere sucht in einem halboffenen Aktenschrank. Die Fenster von innen beschlagen, kümmerliche Topfpflanzen, zwei leere Tassen, eine Warmhaltekanne, eine typisch deutsche Amtsstube gemeinsamer Tradition, ob Ost oder West.

Der mit dem Finger beendet seine Tipperei, für uns unerwartet, gleich nach unserem Eintritt. Er ist sehr freundlich und infolgedessen sichtbar betrübt darüber, uns nicht weiterhelfen zu können. Nein, das übersteige seine sowie die Kompetenz des Amtes. Aber wir könnten es mal weiter oben in Berlin versuchen. (Jochen hatte in dieser Frage bereits vor langen Monaten an den Staatsratsvorsitzenden geschrieben, ohne Antwort. Das sagen wir hier aber nicht.) „Am allerbesten allerdings, Sie wenden sich an die Firma Hansa-Tourist in Hamburg! Die veranstalten Gruppenreisen in die DDR, und die werden Ihnen sicher auch anläßlich der Freilichtspiele eine Fahrt nach Bauerbach ermöglichen!"

Diskussionen sind fruchtlos, das wissen wir längst, und so lassen wir es, ungewöhnlich genug in einer Amtsstube der DDR, bei einem kleinen Schwätzchen über unser alternatives Tagesprogramm bewenden: Wir wollen im Thüringer Wald oberhalb von Bad Liebenstein wandern. „Im Thüringer Wald? Bei *dem* Wetter und bei *der* Jahreszeit? Im Winter ist es ja ganz schön, zum Skilaufen, manchmal auch im Sommer, aber ansonsten? Ich an Ihrer Stelle würde da lieber im Oberharz, in der Rhön oder in der Eifel wandern." - „Ja, das glauben wir Ihnen gerne!" Wir alle lachen.

Auch der Kollege am Registraturschrank dreht sich grinsend um und meint: „Na, wartet mal ab, wenn die DKP erst einmal über 20 Prozent hat bei Euch, dann sind wir bald wieder ein Land! Dann kann ich endlich mal an der deutsch-französischen Grenze Wache schieben, das ist sicher lustiger als hier in diesem Kaff!" Gaff sagt der mit einem sächsischen Akzent, und mir fällt das von den Eisenacher Mädchen beim Tanzen wieder ein...

Das ganze andere Szenario möchte ich mir lieber nicht vorstellen: Fulda Gap, und die Rote Armee in weniger als drei Stunden in Frankfurt. Scheiße, der kalte Krieg ist doch vorbei, die reden doch jetzt wenigsten miteinander. Und daß wir hier sind, haben wir diesem Reden und langen Verhandlungen zu verdanken. Willy Brandt damals in Erfurt, das war ein Anfang, unglaublich... und gar nicht so lange her... Aber zurücktreten mußte er dann wegen eines DDR-Spions. Was heißt „mußte"? ... Wenn man bedenkt, daß es heute Politiker gibt, die wegen ganz anderer Dinge *nicht* zurücktreten...

Draußen im Gang treffen wir auf die Beteiligten des Crashs vom Kontrollpunkt Wartha. Sie sind mit ihrem Problem noch immer nicht am Ende; und anhand der dicken Formularbündel, die beide Kontrahenten außer ihren beleidigten Ehefrauen mit sich schleppen, ahne ich, daß sie eigentlich erst ganz am Anfang der Probleme angekommen sind.

Die Organisation von Abschlepp- und Bergungsleistungen an Fahrzeugen des Nichtsozialistischen Wirtschaftsgebietes (NSW) erfolgt über den Abschleppdienst des VEB Kfz-Instandsetzung Erfurt, Telefon 5540...

Auch wir haben ein Problem, und wir beschließen, es anzupacken. Vor Ort wird man weitersehen; wir machen uns auf die Suche nach Bauerbach. Wenigstens von fern wollen wir es entdecken, vielleicht von einem der Hügel aus, in die es angeblich so idyllisch eingebettet ist.

Zurück zum Parkplatz! Das Volkseigene Verkehrskombinat wünscht uns, oder wohl doch eher seinen Fahrgästen, eine angenehme Fahrt! „Fahrgäste, beachtet die Anordnung des Fahrpersonals! Verkehrsteilnehmer, beachtet die Straßenverkehrsordnung! Das Rauchen in den KOM ist nicht gestattet!“ Seufzend (Dietmar), stöhnend (ich) und schimpfend (Jochen) klettern wir in unseren kalten Bus, mit den Füßen stampfend und die klammen Hände reibend.

Jochen will filmen, und so setze ich mich ans Steuer und navigiere das Bussi vorsichtig durch die volkseigene Seenplatte, die sich auf dem Parkplatz gebildet hat. Leichte Kopfschmerzen wie immer in der DDR, irgendwie vertrage ich die Braunkohle nicht, aber ein wohliges Grundgefühl, als wir die Stadt in Richtung Süden verlassen.

Dietmar regt sich über den abgerückten Grenzsoldaten auf: „Bald ist hier alles leer, dann wird der Russe hier siedeln!“ Der Russe! Der Kerl hat Probleme! Und das Mädchen? Er hat sicher gar nicht bemerkt, wie schön sie war. Hoffentlich werde ich nicht auch so, wenn ich mal über Fünfzig bin...

Schwingungsdämpfer

Auf dem Parkplatz am Prinzenteich steht ein einzelner Trabi. Still und beige guckt er uns treuherzig aus seinen runden Scheinwerferaugen entgegen. Zwei junge Männer, einer im Blaumann, einer im grauen Kittel, winken dermaßen heftig, daß ich auf die Bremse trete, in den Parkplatz einbiege und durch das heruntergekurbelte Fenster frage, was anliegt. „Könnt Ihr uns mal kurz helfen, den Trabi anzuheben? Wir müssen ihn aufbocken!" Na klar, warum nicht, ist doch selbstverständlich. Ich stelle den Motor ab, wir steigen aus, lässig, so als seien wir es gewohnt, Trabis anzuheben, aber doch voller Erwartung, wie denn das Aufbocken vor sich gehen soll.

Keinen Wagenheber? Nein, das geht nicht, er soll hier auf die Steine gestellt werden! Nun ja, fünf recht starke und stattliche Mannsbilder - aber ich breche mir dennoch fast das Kreuz, als wir die Plastekiste hochwuchten - erst mit der linken, dann mit der rechten Seite auf bröselige Hohlblocksteine. „Was soll denn das werden?", fragt Dietmar schnaufend. „Nun, wir bauen neue Schwingungsdämpfer ein, die alten sind völlig im Eimer - und heute hat's endlich geklappt, denn eigentlich ist das ja Bückware." - „???" - „Naja, das ist die Ware, die versteckt unter dem Ladentisch liegt und für die du dem Verkäufer schon etwas besonderes bieten mußt, damit er sich zu ihr hinabbückt."

Schwingungsdämpfer also; wir nennen die eigenartigen Röhren ja wohl Stoßdämpfer. „Macht Ihr das alles selbst?“ - „Na klar, ist doch kein Kunststück.“ Und der pickligere der beiden Jünglinge reicht mir ein ölverschmiertes Buch: „Wie helfe ich mir selbst - Trabant 601“, verfaßt von Metzner / Ungethüm. Die Seite mit dem Schwingungsdämpfer-Problem klappt schon von ganz allein auf, wie in einem viel und oft gelesenen Pornoroman die einschlägigen Stellen. Ich lese mich dann auch sofort fest: „Beim Festschrauben der Kolbenstange ist darauf zu achten, daß beiderseits des Schwingungsdämpferdomes je ein Ringpuffer gelegt wird. Bei Fahrzeugen, die noch mit Fangbändern ausgerüstet sind, sollen diese auch weiterhin beibehalten werden. Damit bietet sich die Möglichkeit, regenerierte Schwingungsdämpfer der alten Ausführung zu verwenden. Auch wenn nur ein Schwingungsdämpfer mit innerem Anschlag eingebaut wird, sollten die Fangbänder beibehalten werden.“

Das sind Probleme! Was wohl Friedrich Schiller dazu gesagt hätte? Das Gießen einer Glocke war dem Verstand der Laien doch einfacher eingängig als der Einbau von Stoßfängern in ein selbstfahrendes Gefährt... Goethe vielleicht, der hatte ja einen unwahrscheinlichen Verstand für die Naturwissenschaften! Aber Schiller?

Dietmar und Jochen haben unser spärliches Bordwerkzeug hervorgesucht. „Das ist wenigstens noch ein anständiger Franzose!“, sagt der Picklige im Blaumann, als er unserer Billig-Wasserpumpenzange von OBI ansichtig wird. Ich widerspreche ihm, denn ich lege mein zwangsumgetauschtes Geld nur zur Vorweihnachtszeit in Dresdner Stollen an. Ansonsten kaufe ich mir, so sie denn zu haben sind, Spaten,

Schraubenschlüssel, Zangen und was da sonst so an solider, handgefertigter Produktion in den volkseigenen Suhler Metallbetrieben gefertigt wird.

„Naja“, gibt der Graukittel zu, „manche Sachen sind ja ganz ordentlich bei uns, aber das geht dann auch gleich ab in den Westen. Wir arbeiten für IKEA, wir stellen Zigaretten für Reemtsma her, aber was haben wir davon? Die Devisen verfressen doch die Bonzen! Guckt Euch doch nur mal unsere Klamotten an -“ und wie ein Sittenstrolch im Stadtpark öffnet er weit seinen Kittel. „Sind das etwa Jeans? Aba ick sare ümma: Einem hübschen Menschen steht einfach allet, und einen häßlichen Menschen entstellt nichts, wa?“ - „Ja“, sagt der andere, „wir ham schon harte Strafen hier!“ Dabei zieht er einen Flachmann mit Nordhäuser Doppelkorn aus der Tasche, und jeder von uns nimmt einen Schluck. Doch, der Korn ist gut, ist ja fast legendär...

„Und?“, frage ich, „behaltet Ihr denn die Fangbänder bei?“ - „Watten für Fangbänder? - Ach so! Ja, natürlich, det jeht nich anders!“, preßt der Blaue zwischen den Zähnen hervor, denn die Radmuttern hat er zwar vorher gelöst, sie lassen sich aber nur sehr schwer abschrauben. Er nimmt das linke Vorderrad ab, der Hohlblock-Aufbau schwankt dabei ganz bedenklich... „Hoffentlich fällt Euch der Krempel nicht zusammen“, unkt Jochen und nimmt noch einen Nordhäuser. „Keene Angst! Wo wir sind, klappt nüscht! Aba wir können nicht überall sein!“

Wir lachen und der Blaue, der inzwischen auch das rechte Vorderrad abgenommen hat, richtet sich auf, wischt mit der öligen Hand eine lange Haarsträhne aus der Stirn und sagt: „Kennt Ihr schon das neue Ruderboot, das sie in den VEB Sachsenring Automobilwerken Zwickau jetzt herstellen? Das braucht drei Mann Besatzung: Einer rudert, einer schöpft Wasser und einer schreit um Hilfe!“ Heftiges Gelächter, der zweite Flachmann macht seine Runde. Hoher Unterhaltungswert hier, das können sie viel besser als bei uns: Witze erzählen, alles durch den Kakao ziehen, der im übrigen Bückware ist. Aber vielleicht kann man nur auf diese Weise mit den Widrigkeiten des Lebens und den Schwierigkeiten bei der Bewältigung selbst kleinster Alltagsprobleme fertig werden.

Wir erzählen, daß wir in den Sperrstreifen wollen. „Da habt Ihr Null Chancen“, tönt es, als sie unser Problem vernommen haben. Und Bauerbach kennen sie nicht. Arbeiter- und Bauerntheater - nie gehört. Aber Friedrich Schiller: Doch, seine „Räuber“ haben sie gesehen, als Schüler, dafür sind sie mit dem Bus von Eisenach nach Meiningen gefahren. „Das waren bestimmt Bauerbacher“, ruft Dietmar entzückt. Ja doch, Schiller, der hatte es schon drauf, der hat es den Feudalherren und Junkern mal so richtig gezeigt! Die beiden sind jetzt ganz begeistert, als wir ihnen über die Rolle des kleinen thüringischen Dörfchens in Schillers Leben erzählen. „Toll, was Ihr alles machen könnt“, sagt der im Kittel etwas traurig. „Und wir? Wir stehen hier im Regen und reparieren den Scheiß-Trabi!“

Zur Hohen Sonne

Ich schalte zurück in den dritten Gang, als die Straße ansteigt. Das reicht nicht, noch weiter zurück: Zweiter Gang, 40 km/std. mit Mühe. Völlig untermotorisiert der scheiß Bus! Aber dann taucht vor uns ein qualmender Trabi auf, der ist noch langsamer. Ich will gerade mit 35 Sachen souverän an ihm vorbeiziehen, als im Rückspiegel die voll aufgeblendeten Scheinwerfer eines Westwagens beängstigend schnell größer werden und mit einer Gischtfahne ein Audi 100 an uns vorüberprescht. Bonzenschleuder! denke ich. Der fährt bestimmt schneller als die erlaubten 80 km/h! Kraftfahrer, beachtet die Straßenverkehrsordnung! Ein wasserstoffblonder Dauerwellenkopf noch auf meiner Netzhaut. Bruchteile einer Sekunde neben mir genügten zum Wiedererkennen: Auch Gaffer von vorhin, von der Grenze.

In großen Windungen zieht sich die noch immer steil ansteigende Straße durch das Annatal hinauf, immer wieder an Felsgesteinen des Rotliegenden vorbei. Das war Goethes Gestein! Wie oft ist er im Thüringer Wald umhergestreift in einer Periode seines Lebens, in der er die Natur buchstäblich mit allen Sinnen ergreift: Im Reiten durch die Wälder, bei jedem Wetter, wandernd auf den Bergen, im Lager am Feuer unter den Tannen. Immer wieder taucht er, wie um sich inniger mit den Elementen zu vermählen, ins Wasser, badet in den Bächen und Flüssen... So ganz anders war er als Schiller, so grundsätzlich verschieden...

Rechts neben uns die Drachenschlucht, Erinnerung an manche Wanderung. Dieses Jahr war dort zu Himmelfahrt noch alles total vereist. Wir waren damals zu Dritt trotz eines aufgestellten Verbotsschildes durch die Schlucht mehr geklettert und gerutscht als gewandert. Der hölzeren Steg war über lange Strecken hinweg total zerbrochen, vom Wasser zerschmettert, von den Eismassen emporgedrückt zu skurrilen Skulpturen. Caspar David Friedrich: Die gescheiterte Hoffnung... Das Reich der Schneekönigin am Ende des Wonnemonats Mai... Märchengestalten aus Eis, der kleine Wasserfall erstarrt. Der kalte Hauch des Winters zwischen den engen Felswänden.

Und dann der Aufstieg durch den sonnigen Buchenwald mit seinem grüngoldenen Dämmerlicht und dem Vogelgezwitscher. Und mit der Wehmut im Herzen, daß all dieses ja im Grunde uns eigentlich nicht gehört... Und dann der zunehmende Lärm, das Gegröle, als wir uns der Ausflugsgaststätte „Hohe Sonne" nähern. „Herrentag" nennt man Himmelfahrt in der DDR, und am Herrentag wird in der DDR gesoffen und das nicht zu knapp. Hier oben kochte die Volksseele. Konterrevolutionäre Gesänge, aufmüpfige Reden unter Alkoholeinfluß, kein einziger Uniformierter. Und die Stasi gab sich nicht zu erkennen.

Die Hohe Sonne taucht rechts von uns auf; ich biege in den Parkplatz ein, denn nach all dem Schnaps müssen wir etwas essen. Der Audi steht bereits da; aus dem Motorraum knackt es noch immer voller Dynamik. Was heißt Motor? Ein solcher Bolide besitzt ein Triebwerk! Jochen holt für uns vom Kiosk drei Broiler mit Brot, während Dietmar und ich nach Bier anstehen. Nullkommanull Promille im Straßenverkehr, aber das Bier ist ja nur Plörre. Kein Radeberger... Und vom Flachmann hatte ich nur symbolische Schlucke genommen... rede ich mir jedenfalls ein.

Wir setzen uns auf eine der Holzbänke an den Tischen unter ihren rustikalen Regenschutzdächern. „Ach, muß man sich hier die Sachen selber holen?" Die blonde Dauerwelle aus dem Audi und ihr randlos bebrillter Begleiter schauen uns fragend an. Ja, wer am schnellsten ist, kommt nicht unbedingt auch als Erster ans Ziel! „Kann man denn hier mit deutschem Geld bezahlen?", fragt die Dauerwelle.

Jochen, dem das Broilerfett vom Kinn auf den Anorak getropft ist vor Erschrecken, versucht den beiden klar zu machen, daß sie sich auch hier auf deutschem Boden und unter lauten Deutschen befinden. Nein, das ist doch einzigartig! Wie leicht machen es doch die Zeit und die Entfernung, zu vergessen, zu verdrängen! Wir erzählen, daß wir hier sind, weil die anderen nicht reisen dürfen; daß wir Kontakte halten wollen, neue Kontakte knüpfen, um eben gemeinsame Geschichte nicht vergessen zu machen. „Und was haben sie *heute* vor?" Die randlose Brille belauert uns. Dietmar mit seinem klobigen Kassengestell, dessen rechter Bügel von einer Büroklammer gehalten wird, hat ja auch sehr viel von einem alten Genossen. DKP wahrscheinlich, denkt die randlose Brille, Verräter, von Moskau gekauft!

Ich erzähle, daß wir den Zufluchtsort eines deutschen Dichters aufsuchen wollen, eines berühmten Mannes, der sich nach seiner Flucht aus Stuttgart hier fast ein

Jahr lang verborgen hat und der später nach Leipzig und Jena und dann nach Weimar ging.
„Ach, Sie meinen Biermann!", winkt die Dauerwelle enttäuscht ab. Jochen zerbeißt in erneutem Erschrekken geräuschvoll einen Broilerknochen; ich verschlukke mich am eiskalten Bier. Nur Dietmar lacht. Armes Deutschland! Was hätte Schiller wohl gesagt zu diesem Ignorantenpack? Wolf Biermann jedenfalls hätte einen Akkord gegriffen und den auseinanderdriftenden Deutschen mit Melancholie im Herzen und schwarzer Galle im Magen dies Lied angestimmt: *Wir bleiben auf ewig im selben Boot / - und fahren längst auf verschiedenen Flüssen. / Was wagten wir früher! - Jetzt wägen wir ab: / Ost gegen West. Staat gegen Staat. / Und jeder will wollen. Und keiner will müssen. / Wir schätzen einander. Wir! Bis an das Grab: / Wir schätzen uns ab. Und wittern Verrat. / Und registriern im vertrauten Gesicht / die neuen Züge. Wir kennen uns noch / - doch, doch! - und erkennen uns nicht. / Die alten Freunde, die werden alt / - da drüben - und anders als ich. / Die Zeit im Osten ist andere Zeit. / Wir lächeln uns an / und schweigen dann / mit zärtlicher Bitterkeit.*

Wolkenfetzen hängen im Geäst; nach Norden zu hat man den Wartburgblick freigeschlagen. Jochen filmt. Da unten die Burg. Gute Stadtbilderklärer haben sie dort. Stadtbilderklärer sind Fremdenführer, Führer aber gibt es nicht mehr in der DDR. Eine Szene vom vergangenen Mai steht mir noch deutlich vor Augen: Einer dieser Stadtbilderklärer, er hat sich als Musikstudent aus Leipzig vorgestellt, holt im Rittersaal weit aus mit der Hand und demonstriert schwungvoll, wie weit man von der Burg ins Land sehen könne: „Nach Osten, nach Norden, nach Süden, nach -", und hier prallt er mit der Hand ziemlich heftig gegen die Wand hinter ihm, „ach nee, hier is ja ne Mauer!" Großer Erfolg bei Ossis und Wessis, alles lacht, der hat's vielleicht drauf! Und die paar sauertöpfischen Minen gehören sicher zur Firma Horch und Greif... Guter Mann, starker Humor; ich muß hier oben bei der Hohen Sonne an ihn denken.

Jochen filmt das verfallene Hauptgebäude, ein ehemaliges Jagdschlösschen mit seinem Türmchen und dem großen Sandhaufen davor, der seit drei Jahren nicht kleiner wird. Ein Schild weist seit ebensolanger Zeit darauf hin, daß die Renovierung vor zwei Jahren abgeschlossen sein würde; Witzbolde haben die Jahreszahl durchgestrichen und die Realisierung des Umbaus auf das Ende des Jahrtausends verlegt.

Ein kleines Mädchen mit blondem Lockenkopf, wohl die Tochter der „Bewirtung", kurvt mit seinem Dreirädchen zwischen den Tischen umher. Bei drei angeheiterten Biertrinkern hält sie an und lauscht deren Gesang zur Gitarre. „Life-Music!", sagt Dietmar, „Das ist ein Service hier oben!" Die Kleine stellt sich ohne Scheu neben den Tisch und singt mit kräftiger, erstaunlich wohlklingender Stimme mit, als die drei bärtigen Gestalten anstimmen: „Schön war die Zeit, so schön - schön war die Zeit, so schön: Brennend heißer Wüstensand! Fern, so fern dem Heimatland!" Die Leute an den Nebentischen lachen, ergötzen sich an dem kleinen Lockenkopf, der da so begeistert aus voller Kehle die goldenen Sterne anfleht, doch die Lieben in der Ferne zu grüßen. „Schön war die Zeit, so schön..."

Eine tiefstehende Sonne hat sich durch Wolken und kahle Bäume gekämpft; Regentropfen glitzern, ein schwaches Leuchten legt sich über den Platz und vermag doch nur sehr wenig gegen die herrschende Tristesse der Umgebung auszurichten. Was hier fehlt, ist das 1000-Watt-Lächeln einer Katarina Witt. Ach, ja! So schöne Mädchen in einem so grauen Land!

Trotz des tristen Novembertages sind fast alle Tische unter ihren Schutzdächern besetzt. Die Schlange vor dem Bier- und Broiler-Kiosk hat sich mittlerweile zu einer echten sozialistischen Wartegemeinschaft ausgewachsen. Doch dann klappen plötzlich die beiden Ausgabefensterchen zu; die Broiler sind ausverkauft, die Bierausgabe wird in solidarischer Simultaneität eingestellt. Gekeife, Gemurre der Westler, stumm und resigniert die Ostler, so geben sie ihre Warteposition auf. Unsere Tischnachbarn kehren zurück, schimpfend wie die Rohrspatzen.

„Da sehen Sie, was für ein Land das ist!“ Die randlose Brille funkelt uns so vorwurfsvoll an, als seien wir schuld an dieser Misere. Aber wir haben ja immerhin unseren Broiler bereits verdrückt und die Biergläser sogar dreimal geleert. „Komm, Eduard, das lassen wir uns nicht bieten!“, zetert die Dauerwelle. „Ich hatte ja gleich das Wartburg-Restaurant vorgeschlagen. Da kann man gegen deutsches Geld essen!“ Wir grinsen und stellen uns das Essen „gegen deutsches Geld“ vor. Dumm wie Bohnenstroh, aber jede Menge Kohle, so ist das leider häufig bei uns drüben im Westen.

Schön, sollen sie ihre Devisen gebrauchen! Aber die Mittagszeit neigt sich dem Ende entgegen, und im

Wartburghotel werden jetzt sicherlich bereits die letzten Esser von Kellnern mit weißen Servietten von ihren Sitzen gewedelt. Denn wenn ein Kellner im real existierendem Sozialismus etwas überhaupt nicht leiden kann, so sind das unpünktliche Gäste.

Was heißt hier Gäste? Bittsteller sind es, demütig wartend, mit dem Hut in der Hand, bis es heißt: Sie werden plaziert. Passiv sind die Gäste, aber deswegen nicht unbedingt aktiv: die Kellner.

Still und diszipliniert zur Schlange geordnet, wartend vor einem fast leeren Restaurant, so stehen die Hungrigen. Niemand kommt, sie zu „plazieren". Aber keiner wagt es, sich an einen Tisch zu setzen; er würde nicht bedient. Ein eingeschliffener Reflex. Der Bürger weiß, er kann von einem anderen Werktätigen keine Dienstleistung erzwingen. Nicht der Kunde, sondern der Arbeitende ist König. Denn in der Präambel des „Gesetzbuches der Arbeit" steht geschrieben: *Aus der Last der unfreien Arbeit für schmarotzende Ausbeuter wurde die freie Arbeit der Werktätigen für sich selbst und die Gesellschaft.*

Mit einem satten Geräusch fallen zwei Autotüren zu, knirschend rollt die Limousine unserer Ex-Tischnachbarn über den Kies, vom Motor - nota bene Triebwerk - ist nichts zu vernehmen. Geordneter Rückzug des Kapitals vorm grinsenden Proletariat.

Die singenden Burschen nebenan sind gerade beim Polenstädtchen angekommen, in dem sie einst ein Mädchen liebten. Aber ohne Gitarrenbegleitung, denn der bärtige Zupfer dreht gerade die Bratwürstchen um, die auf einem Campinggrill neben der zerbröselnden Treppe des Haupteingangs zur Hohen Sonne brutzeln. Schräg steht die Rauchfahne über der Thüringer Wurst, schräg in Richtung auf die hungrigen Wanderer, oh, der wunderbare Duft! Fünfunddreißigfach setzt der Pawlow-Reflex ein, Schlucken und gierige Blicke, doch dann gibt man sich mit der mitgebrachten Butterbemme zufrieden...

Ein zwölfjähriger Wessi-Knabe zetert, er wolle sofort so eine Wurst und ein Cola. Aus den Ohrhörern seines Walkmans klirrt und scheppert es heftig, noch aus drei Metern Entfernung zu vernehmen. Darunter muß die akustische Hölle herrschen. Seinem Vater, offensichtlich ein alleinerziehender Achtundsechziger mit Vollbart, langen Haaren und kahlem Hinterkopf, ist die Situation sichtlich peinlich. Er redet mit ausführlichen „Weißt-Du-"Sätzen auf ihn ein. Der kleine Stinker, seinerzeit wohl in einer antiautoritären Zelle gezeugt, reagiert mit Fußstampfen und Zornestränen und mit gegen seinen Erzeuger erhobenem Mittelfinger.

Ach, es ist so schön hier, das volle, pralle Menschenleben, und das an einem fast verregneten Novembersamstag. Aber wir müssen weiter. Schiller ruft, und wir sind schon viel zu lange geblieben.

Freddy

Als wir auf dem Parkplatz den Autoatlas hervorkramen und über die weitere Fahrtroute debattieren, steht plötzlich der bärtige Gitarrist vor uns. „Fahrt Ihr nach Breitungen hinunter?" - „Breitungen? Wir wollen nach Meiningen - ahja, da fahren wir durch! Ist die Party schon zu Ende?" - „Nein, ich will nur Nachschub an Würsten und auch neue Holzkohle holen. Da essen jetzt doch zu viele Leute mit!" Wir schauen zurück: Der Knabe mit dem Walkman kaut zufrieden an einer Wurst; seine Kiefer bewegen sich wie der ganze Kerl zutiefst unnatürlich. Vielleicht hat der arme Junge ein Nervenleiden? Doch es scheint an der Musik aus seinen Ohrhörern zu liegen, denn jetzt sitzt er wieder still und fummelt die Kassette aus dem Gerät.

„Der Alte hat uns einen Heiermann West gegeben für die Wurst. Ich denke, wir können so ein gutes Geschäft machen, denn jetzt kommen langsam die Wanderer vom Rennsteig hierher." Und tatsächlich: Da überqueren gerade wieder vier Leute die Straße; typische Wanderer: In der einen Hand den Regenschirm, in der anderen die Plastetüte mit dem Proviant.

„Und da heißt es immer, Ihr habt den Kapitalismus überwunden!", lästert Dietmar. „Haben wir auch. Wir haben nur den Sozialismus noch nicht überall eingeführt. - Wißt ihr, unser erster Präsident, Wilhelm Pieck, der wollte ja noch den Sozialismus in der ganzen DDR. Walter Ulbricht wollte ihn wenigstens noch in Ost-Berlin. Honecker aber ist der einzige, der ihn tatsächlich verwirklicht hat: In der Bonzensiedlung Wandlitz. Jedem das Seine!“

Grinsend nimmt er auf dem Beifahrersitz Platz. Jochen und Dietmar öffnen - Rabumms - Krach - die Schiebetür des Bürgerbusses, steigen stöhnend und ächzend ein, und lassen sie dann mit Getöse wieder zurollen: Rabumms - Krach - Krach! Der VW-Bus: Der Schrecken aller Campingplätze!

„Freddy!“, stellt sich der Bärtige vor, streckt mir seine kohle- und fettgeschwärzte Hand entgegen. Dann dreht er sich um und schüttelt über die Rücklehnen hinweg Dietmars und Jochens Hände. Im Wagen verbreitet sich ein infernalischer Bratwurstgeruch. „Freddy? Wohl wegen der Lieder? Ist das Dein Künstlername?“ - „Nö, das ist so 'ne Art Spitzname, weil ich mal zur See gefahren bin!“ Ich sinke zusammen; allein das Wort Seefahrt berührt mich noch immer wie ein elektrischer Schlag, obwohl es schon lange zurück liegt, daß auch ich... Alles lange her, doch unvergeßlich, so -

„Kann man denn bei Euch so einfach zur See fahren?“, fragt Dietmar, während ich den Wagen vorsichtig um die Schlaglöcher des Parkplatzes steuere, um dann nach rechts auf die Straße einzubiegen: Etterwinden vier Kilometer.

„Einfach ist das nicht! Die DSR nimmt nur zuverlässige Männer, die hier Familie, Frau und Kinder zurücklassen müssen! DSR ist die Deutsche Seereederei, volkseigen natürlich, Flagge blau-rot-blau, nach dem Reederei-Sterben in eurer Bundesrepublik sozusagen die größte deutsche Reederei mit Sitz in Rostock und mit Schiffen auf allen sieben Meeren. Verdammt, Frachtschiff bin ich gefahren, sogar auf Kreuzfahrern habe ich mein Geld verdient, ich sage euch: das organisierte Erbrechen! Und in den Häfen des nichtsozialistischen Auslands weißt Du nicht, wer von Deinen Kumpels der Aufpasser ist. Aber es hauen immer wieder welche ab. Trotz Frau und Kindern..."

Er schluckt: „Und ich Arschloch bin nicht abgerückt, als die 'Völkerfreundschaft' in Rotterdam lag. Meine Frau und meine zwei kleinen Mädchen sind aber trotzdem nicht mehr bei mir. Die Alte hat sich scheiden lassen, weil ich immer so weit weg war und wohnt jetzt mit ihrem neuen Macker in Berlin." Er fährt mit der rußigen Hand über die Augen und über den Bart. „Und jetzt geht gar nichts mehr, denn jetzt bin ich ja ohne Anhang und stelle deshalb ein erhöhtes Fluchtrisiko dar." Er starrt durch die Windschutzscheibe nach vorn, wo uns zwei Trabis entgegenkommen, dicht hintereinander. Der blaue Trabi zieht eine graue Rauchwolke hinter sich her, der graue Trabi qualmt blau. Sekunden später peinigt der Zweitaktgestank unsere Nasen.

Der Wagen rumpelt durch tiefe Schlaglöcher, rechterhand dicke Bäume mit weißen, viereckigen Markierungen. Keine Begrenzungspfähle, keine Leitplanken könnten einen Sturz den Hang hinunter verhindern, wenn uns jetzt eines dieser Schlaglöcher aus der Bahn katapultierte. Geschwindigkeitsbeschränkung: sechzig, dann vierzig, dann zwanzig Kilometer in der Stunde. „Wißt Ihr, was das heißt?", dreht er sich, plötzlich wieder fröhlich geworden, nach hinten um.

„- - - ?“ - „Na, auf den nächsten sechzig Kilometern gibt es vierzig Zentimeter tiefe Schlaglöcher, und das seit zwanzig Jahren!“

Lachend fahren wir nach Etterwinden hinein. Selbst im schwachen Sonnenlicht eine düstere Ortschaft. Graue Häuser, zum Teil verschiefert, die wenigen renovierten Fassaden mit Eternit vernagelt. Eiserne Elektrizitätsmasten, auch solche aus Beton mit Peitschenlampen daran; das unordentliche Spinnennetz der Elektroleitungen. Vor einem vergammelten Fachwerkhaus mit lückenhaftem Schieferbehang ein weißblauer, abgestellter Omnibus. Auf der bröckelnden Treppe des Hauses ein alter Mann, die Hände in den Taschen, die Gestalt zieharmonikaförmig, schief, einsturzgefährdet wie das Gebäude hinter ihm. Wir überholen eine Radfahrerin. Ein Mann mit einer Schubkarre voller Bretter kommt uns entgegen, seine Fuhre mühevoll vor sich her balancierend.

Ich bremse ab, und das ist gut so, denn aus einer Nebenstraße schießt ein grauer Trabant. Das hätte gekracht, aber wirklich! „Wahrscheinlich besoffen!“, sagt Freddy, „Am Wochenende saufen die hier immer wie die Kesselflicker. Aber was sollen sie sonst tun?“ Ich deute auf die großen Sandhaufen und Stapel mit Baumaterialien, die immer wieder am Straßenrand abgelagert sind. „Eben deshalb saufen sie: Wo gebaut wird, wird gesoffen. Wo nicht gebaut wird, saufen sie aber auch. Nur in der Sowjetunion ist das noch schlimmer, und natürlich in Polen. Aber Gorbatschow will ja die Sauferei jetzt bekämpfen. Kennt ihr *den*?“ - „Natürlich kennen wir Gorbatschow!“ - „Nee, ich meine kennt ihr den Witz? Also: In Moskau bildet sich eine lange Schlange vorm letzten legalen Alkoholladen. Ein Mann erregt sich heftig, daran sei Gorbatschow schuld, man sollte ihn dafür umbringen. Auch die Umstehenden empören sich mehr und mehr und fordern den Mann auf, seinen Worten Taten folgen zu lassen. Daraufhin geht dieser zum Kreml, kehrt aber nach kurzer Zeit mit den Worten zurück: 'Vorm Kreml ist die Schlange noch viel länger!'" Heftiges Gelächter; der Bus hüpft und schlingert wie toll, so, als freue er sich unbändig über den Witz.

Ein Mopedfahrer reitet uns auf seiner Rauchfahne entgegen; ein motorsägeähnliches Geräusch, dann ist er vorbei. Nur der Gestank pestet noch eine Weile in unserem Wagen. Wir sind wieder auf der Landstraße; das Dorf liegt hinter uns mit seinen hochstämmigen Apfelbäumen und mit seinen Rauchfahnen, die über die schadhaften Dächer treiben. Der Braunkohlegestank Etterwindens fährt aber noch eine gute Weile bei uns mit.

Am Straßenrand Schneefangzäune aus Holz, schon für den Winter zusammengestellt, sozusagen „Land Art" vor tiefgrünen Wiesen und den fast schon entlaubten Baum- und Buschgruppen. Das war so schön im Frühjahr hier! Die Schlehdornbüsche dicke, weiße Pompons im satten Grün und damals der blaue Himmel mit den weißen Schäfchenwolken als Spiegelbild der blühenden Büsche...

Ein Fuchs steht reglos inmitten einer Wiese und starrt in das Gras. Ich fahre rechts ran an den Straßenrand und stelle den Motor ab. Stille. Wir schauen dem reglosen Tier zu. Das Moped von vorhin knattert vorbei, auf dem Rückweg nach Etterwinden. Die nervtötenden Geräusche zersägen die Stille, fürwahr eine rasende, stinkende Kettensäge. Aber der Fuchs steht still und starrt in sein Mauseloch. „Vielleicht ist er tollwütig?", vermutet Dietmar, „in Eisenach ist Tollwut-Sperrgebiet!"

„Einen Vorteil hat die Grenze ja", sagt Freddy nachdenklich, „da können tollwütige Füchse nicht mehr zu Euch oder von Euch zu uns wechseln." - „Och, ein Fuchs müßte das doch schaffen", vermute ich. „Denkste, da kommt nicht mal eine Maus mehr durch. Wir hören im Winter, wenn es nachts ganz still ist, oft den Knall der explodierenden Minen, wenn zum Beispiel so ein Fuchs das mal wieder versucht hat. An etwas anderes trauen wir uns bei dem Geknalle gar nicht zu denken." - „Aber die Selbstschußanlagen sind doch alle abgebaut worden", tönt Dietmar, „jetzt soll die Grenze doch wieder menschlicher geworden sein!" Freddy lacht bitter: „Wir haben uns alle gewundert, warum der Kohl den Erich nicht in den Knast gesperrt hat, als er Euch im September besucht hat. Nee, 'nen roten Teppich hat er ihm ausgerollt und Ehrensalut! Erschießen hätten sie den sollen!"

Jochen erklärt, das wäre völkerrechtswidrig gewesen, so etwas könne man nicht machen. „Aber Minen kann man legen statt der Selbstschüsse! Die sind wesentlich wirksamer und absolut tödlich. Völkerrecht! Wenn ich das schon höre! Die sollte man alle in diesen Zaun hineinjagen, alle diese Bonzen, die da so groß von Menschenrechten palavern! Die haben Euch schön eine Bären aufgebunden mit ihrer humanen Grenze. Und Ihr glaubt das auch noch! Eure Leute wohnen doch viel dichter am Zaun als wir, hören die denn nichts in den Nächten? Sehen die denn nicht die Flutscheinwerfer? Wir hören das Hundegebell der Laufhunde ja noch bis Dorndorf." - „Wohnst Du in Dorndorf?" - „Ja, das liegt unmittelbar am Sperrbezirk. Fünf KaEm vom Zaun."

Wir rücken natürlich sofort heraus mit unserem Vorhaben, in eben dieses Sperrgebiet einzureisen, nur für zwei Stunden und nur für Friedrich Schiller und seinen Unterschlupf in Bauerbach. „Vergeßt es!", stößt Freddy hervor. „Da bekommt Ihr nur Ärger, und zwar dicken! Ich bin um die ganze Welt gefahren, ich war überall dort, wohin kein Mensch aus diesem Land je kommen kann. Ich war in Japan, in Angola, in Brasilien, Jamaica und sogar in den Vereinigten Staaten. Aber glaubt bloß nicht, daß ich auch nur die geringste Chance habe, jemals an die Staatsgrenze zu fahren! Wenn ich mal Rentner bin, darf ich wenigstens in den Westen reisen, aber in das Sperrgebiet? - Niemals!"

Fast heftig ruft er aus, wieder den Tränen nahe: „Warum bin ich Idiot nicht im Westen geblieben?" - „Da wärest Du heute arbeitslos", ereifert sich Dietmar. „Du weißt ja selbst, daß wir unsere Schiffe alle ausgeflaggt haben wegen der hohen Steuern. Wir sind nicht mehr wettbewerbsfähig mit den Billigländern!" - „Ich finde immer etwas!", widerspricht Freddy. „Seht mal, jetzt zum Beispiel bin ich Schornsteinfeger. Da kommt mir meine seemännische Ausbildung sogar zugute, denn manchmal muß ich in Heizkraftwerk-Schornsteine hinaufsteigen. Der höchste ist 165 Meter hoch!"

Ich weiß ja nicht, ob es erstrebenswert ist, in einem 165 m hohen Fabrikschornstein herumzuklettern. Und mit Möwengeschrei, dem Rauschen der Wellen des Ozeans, mit dem Rascheln der Kokospalmen an tropischen Stränden, mit dem Meeresleuchten in heißen Nächten unter funkelnden Sternen, unter dem Kreuz des Südens, hat das alles wohl wenig gemein. Er tut mir leid.

„Aha, daher Dein Hang zum Grillen", versuche ich zu scherzen, aber mit Wehmut tief drinnen im Bauch. Da klettert er nun täglich mit der Sehnsucht nach dem weiten Meer im Herzen auf die Schornsteine seiner Republik und läßt sich den Bart mit Braunkohle räuchern.

Und ich? Ich könnte zwar, wenn ich wollte, aber kann ich mich denn wirklich von meiner Frau losreißen? Von meinem dreijährigen kleinen Mädchen, das immer so vertrauensvoll von unten zu mir heraufschaut, wenn sie an meiner Hand auf unseren langen Spaziergängen so tapfer neben mir hergeht auf ihren kleinen Füßen?

Ach, wir haben alle unsere Grenzen in uns und um uns und schleppen sie mit uns herum, selbst bis in die Südsee, und da muß gar kein Staatsratsvorsitzender mit seinen Politbüro-Genossen kommen und uns mit Betonmauern, Hundelaufgräben, Minengürteln, Panzersperren und Drahtzäunen eingesperrt halten.

Grenzgänge

Wieder läuft so ein Sekundenfilm in mir ab, als ich das Auto durch die grüne Wiesenlandschaft steuere. Die Bäume auf beiden Seiten der Straße spulen vorbei wie mein Film. Und ich sehe Friedrich Schiller, wie er heimlich, zu allem entschlossen, sein bisheriges Leben rigoros hinter sich abbricht, seine Familie verlassend, die dem Tyrannen Karl Eugen preisgegeben bleibt. September 1782. Zusammen mit seinem Freund, dem jungen Musiker Andreas Streicher, verläßt der Regimentsmedikus Schiller seine Heimat.

Um 10 Uhr abends steigen die beiden Freunde in den bestellten Wagen, der mit zwei Koffern und einem kleinen Klavier beladen ist. Um etwaige Verfolger zu täuschen, verlassen sie Stuttgart durch das Eßlinger Tor, das dunkelste der Stadttore, in entgegengesetzter Richtung zu Mannheim gelegen. Dort kommandiert einer der bewährtesten Freunde Schillers an diesem Abend die Wache, der bereits erwähnte Leutnant von Scharffenstein. Das Tor wird, nachdem sich Streicher vor einem Unteroffizier als Doktor Wolf und seinen Freund als Doktor Ritter „beide nach Eßlingen reisend" ausgegeben hat, anstandslos passiert. Dann macht der Wagen einen weiten Bogen um die Stadt herum, nach Ludwigsburg zu.

Gegen Mitternacht zeigt sich am Horizont eine auffallende Röte. Dort liegt das Schloß Solitude, das in dieser Nacht mit allen seinen Nebengebäuden zu Ehren des russischen Großfürsten Paul, der hier zu Besuch weilt, illuminiert wird. Neunzigtausend Lampen! Eine Festjagd auf sechstausend zusammengetriebene Hirsche! Bei einem solchen Fest wird schon mal eben eine ganze Tonne Goldes als Feuerwerk verpufft, oder es werden innerhalb von fünf Minuten für fünfzigtausend Taler Kleinodien als Geschenk für die Damen ausgeteilt... Das Geld für sinnlosen Prunk und Mätressenwirtschaft wird den Bürgern in Form von abenteuerlichen Steuern abgepreßt. Die Söhne des Landes werden als Soldaten verkauft, die Töchter zu Huren gemacht ... die gute alte Zeit, das sinnenfrohe, heitere Rokoko! - Die Nacht ist so hell erleuchtet, daß Schiller seinem Freund die Stelle zeigen kann, wo seine Eltern wohnen. „Meine Mutter!“, seufzt er in diesem Moment, von hoffnungsloser Trauer erfüllt.

Nach acht Uhr morgens ist die kurpfälzische Grenze erreicht. Schillers umdüstertes Gemüt hellt sich beim Anblick der kleinen Pyramide und der blauweißen Grenzpfähle auf, die ihm nach so langer Zeit die Freiheit zu versprechen scheinen. “Ebenso freundlich“, ruft er aus, „ist auch der Geist der Regierung!“ Aber da weiß er noch nichts von den Demütigungen und Entbehrungen, die in Mannheim seiner harren.

Ein heftiger Schlag, jetzt hat es uns zur Abwechslung fast das linke Vorderrad weggerissen. „Das war wirklich vierzig Zentimeter tief, das Schlagloch“, ruft Jochen, der mit der Kamera über die Rücklehne hängt und zwischen Freddy und mir die Fahrbahn, die Bäume und Wiesen filmt, die an uns vorbeispulen. „Mann, das haut mir ja glatt die Linse aus dem Apparat!“

Ich bremse ab, schalte herunter; mehr als fünfzig kann man hier nicht fahren, ohne Kopf und Kragen zu riskieren. Die Baumreihen werden jetzt langsamer an uns vorbeigesogen, die Wiesen verweilen länger. „Kein Rauhfuttergroßvieh mehr auf den Weiden“, sagt Freddy mit spöttischer Stimme. „Was zum Teufel ist denn das schon wieder?“, wundert sich Dietmar. „Ganz einfach, das sind Rinder! Die geben die Milch für die Werktätigen und für ihre Kinder. Und in meinen Bratwürsten steckt auch Fleisch von ihnen drin.“ - „Wieso Rindfleisch? Die heißen doch 'Thüringer Rossbratwürste'!“, spotte ich, worauf ich, der einzige Niedersachse hier im Auto, mich als blinden Hessen beschimpfen lassen muß! Und das von einem DDR-Staatsbürger, dessen Landsleute aus Eisenach seufzen: „Ach, wär ich doch ein Pflasterstein, dann könnt' ich jetzt in Marburg sein!“

Eisenach verkaufte nämlich in den Siebzigern einen Teil seines Straßenpflasters nach Marburg, da die Marburger gerade eine Fußgängerzone einrichteten und diese, zumal in einer spätmittelalterlichen Stadt, sollte rustikal möbiliert sein. Ich erzähle, daß ich darüber mal eine Kurzgeschichte schreiben möchte. „Naja,“ mokiert sich Freddy, „es genügt ja nicht nur, keine Gedanken zu haben; man muß auch unfähig sein, sie auszudrücken. Aber Spaß beiseite!“, haucht er mich von der Seite an, „für deine Geschichte habe ich da gleich etwas, ganz aus dem vollen Menschenleben! Wißt ihr denn, warum das bei uns so selten Fleisch gibt?“ Natürlich glauben wir es zu wissen: Mißwirtschaft, unfähige Planung, schlechte Produktionsbedingungen... aber das wollen wir ja so direkt nicht sagen, und so setzen wir allesamt fragende Gesichter auf.

„Das ist ganz einfach“, erklärt Freddy, „alljährlich muß hier bei uns in der DDR gemeldet werden, wieviele - nehmen wir mal an - Rinder zum Beispiel pro Hektar Nutzfläche erzeugt werden. Die LPG Breitungen gibt - beispielsweise - an, und das mag der Wahrheit entsprechen: 100 Stück. Das liest der Kreisvorsitzende, und der hat Skrupel wegen der geringen Menge, und so meldet er 120 Stück weiter. Der Bezirk, dem das immer noch zu wenig erscheint, erhöht auf 150 Rinder pro Hektar, das Ministerium schaut auf seiner Liste nach: Im Durchschnitt werden 200 Rinder produziert, also verbessert man auf 200 Tiere. Dieses exakte Durchschnittsergebnis erfüllt den Ministerrat mit Entsetzen, und so meldet er 250 Rinder pro Hektar an den Sekretär für Landschaft im ZK der SED. Dieser erhöht die Zahl eigenmächtig nochmals, sagen wir auf 300, und legt den Bericht dann Erich Honekker vor. Dieser erkundigt sich, wieviele Rinder im Durchschnitt produziert werden, und er hört, das seien 200 Stück. Prima, entscheidet Erich, da können wir 100 Rinder exportieren, dann bleiben der Bevölkerung noch immer 200 Tiere. - Versteht ihr nun, weshalb so selten etwas bleibt?“

Unser Gelächter geht über in ein bekümmertes Nikken: Ja, ja, so ist es - was soll man dazu noch sagen?!

Die Straße ist wieder besser geworden, wir sind nur noch wenige Kilometer von Breitungen entfernt. Ein kackbrauner Trabi kommt uns entgegen. Eine violette Wolkendecke wölbt sich über die grünen Wiesen und über die Bergketten mit ihren Wäldern. Wie ein schräg einfallender Scheinwerfer bricht das Licht der müden Sonne durch ein Wolkenloch und zaubert einen Regenbogen auf unsere Windschutzscheibe. Jochen filmt noch immer, und ich muß wieder an Schiller denken, wie er, enttäuscht und entkräftet, mit seinem Freund Streicher Mannheim verließ, um weiterzureisen nach Frankfurt und dann nach Bauerbach in Thüringen.

Die beiden legen, wegen ihrer beschränkten Mittel, den Weg zu Fuß zurück. Sie brauchen zwei Tage bis Frankfurt. Am Abend des ersten Tages bewundert Schiller das Schauspiel der hinter dem Rheingebirge prächtig untergehenden Sonne. Das ist eines der wenigen Landschaftsbilder, die ihm lebenslang in Erinnerung bleiben werden. Die Freunde übernachten in Darmstadt. Im Gasthaus, nahe beim Residenzschloß, finden sie nur unvollkommenen Schlaf, durch den fürchterlichen Trommellärm der mitternächtlichen Reveille zerrissen, von Traumgesichten geplagt. Am nächsten Morgen fühlt Schiller sich nicht wohl. Dennoch besteht er darauf, den Weg nach dem noch sechs Stunden entfernten Frankfurt fortzusetzen.

Ein schöner, heiterer Morgen, die zerschlagenen Glieder, die müden Füße der Reisenden; schon nach einer Stunde müssen sie rasten. Zu Mittag kehren sie wieder ein, werden aber durch den rohen Lärm der Gäste bald aus dem Wirtshaus vertrieben. Schiller will seine Mattigkeit bezwingen, aber mit jeder Minute vermehrt sich seine Blässe, und schließlich müssen die Freunde in einem Wäldchen lagern.

Streicher hat diese Szene beschrieben, wie der Dichter im Schatten eines Gebüschs ruht und der Musiker über den Schlaf seines Freundes wacht: *Das Ruheplätzchen lag für den Schlafenden so günstig, daß nur links ein Fußsteig vorbeiführte, der aber während zwei Stunden von niemandem betreten wurde. Erst nach Verlauf dieser Zeit zeigte sich plötzlich ein Offizier in blaßblauer Uniform mit gelben Aufschlägen, dessen überhöflicher Ausruf "Ah, hier ruht man sich aus!" einen in Frankfurt liegenden Werber vermuten ließ. Er näherte sich mit der Frage: „Wer sind die Herren?", worauf Streicher etwas laut und barsch antwortete: „Reisende!"*

Mit der Kraft der zwei Kerzen

Reisende sind auch wir. Der Bach auf der rechten Seite ist die Werra, und unser VW-Bus rumpelt jetzt nach Breitungen hinein. Mit haarsträubend widerlichem Atem - er hat zu Bratwurst und Bier wohl jede Menge Zwiebeln vertilgt - sagt Freddy die Fahrtrichtung an. Ich kurbele etwas das Seitenfenster herunter, aber da kommen die Braunkohle- und Minoldämpfe doppelt so stark herein. Fenster wieder hoch, dann schon lieber Zwiebeln und Bier!

Draußen wieder mürbe, bröselige Fassaden, eine löcherige Seitenstraße ohne Trottoir, ab und an ein rotes Fähnchen, auch Schwarz-Rot-Gold mit Hammer und Zirkel, vom achtunddreißigsten Geburtstag der Republik übriggeblieben, vergessen, naß und schlaff an den düsteren, morschen Fassaden herabhängend. Wenn ein Staat schon Geburtstag hat... Und dann noch im Herbst... Lächerlich!

Wieder diese runden Betonmasten mit den unsäglichen Peitschenlampen. Alles grau in grau. Holzhaufen an dem einen Straßenrand, am anderen wird Braunkohle geschaufelt, Samstagnachmittag, ansonsten völlig tote Hose. Ein abgestelltes Motorrad am Straßenrand. Gasthof zur Zentrale. Alles völlig vergammelt. „Stop jetzt!", ruft Freddy. Ich halte vor einem großen, verschieferten Haus, dessen schadhaftes Dach mit allerlei verschiedenfarbigen und -förmigen Ziegeln bedeckt ist und über dessen dickem, auseinanderklaffenden Schornstein sich ein gewaltiger Rauchpilz zusammenballt, tiefschwarze Schwaden zuerst, wie der Hölle entwichen, dann heller und heller werdend, seinen infernalischen Gestank in die Gegend pestend. „Scheiß Braunkohle!", schimpft Freddy, „die macht uns alles kaputt. Die Heizungen, die Häuser und die Menschen! So, da wären wir."

Breitungen scheint jedenfalls keiner von den Orten zu sein, in denen der Sozialismus den Menschen die Laune für immer und ewig versaut hat. Grinsend schauen wir auf ein riesiges, schwarzumrandetes Schild: „Getränke-Stützpunkt". Umrahmt von roten Wink-Elementen, und darunter die Parole schwarz auf rotem Tuch: „Die Planerfüllung ist unser erklärtes Ziel!"

Manchmal könnte man fast glauben, die machen das absichtlich. Planerfüllung im Getränkestützpunkt! Wenn das Schiller noch erlebt hätte! Aber der war ja wohl auch ein Genußmensch, wenn man es wegen der faulenden Äpfel in der Schreibtischschublade auch nie so recht glauben mag.

Scharffenstein berichtet jedenfalls, sein Zimmer in Stuttgart sei „ein nach Tabak und sonsten stinkendes Loch" gewesen. „Sonsten", das waren nicht faulende Äpfel, denn der Dichter habe damals nur zwei Extreme gekannt: „Exzentrizität und tierischen Genuß", der freilich nie zu einer „Hauptangelegenheit" bei ihm geworden sei, wie Scharffenstein versichert: „Außer ein paar Sprüngen mit Soldatenweibern, auch en compagnie, weiß ich keine Debauche von ihm..."

Ohne Stimulation wie Tabak und Wein aber mußte der junge Schiller schier verzweifeln: *Dumm ist mein*

Kopf und schwer wie Blei, / Die Tobaksdose ledig / Mein Magen leer - der Himmel sei / Dem Trauerspiele gnädig! Aber Scharffenstein berichtet auch, daß selbst ohne diese Stimulantien dem Dichter oftmals allein die Stille der Nacht genügte, um ihn in einen Taumel der Begeisterung zu versetzen, den er mit Stampfen und mit Schnauben zu begleiten pflegte. Schiller - - -

Aber noch sind wir in Breitungen; Freddy schleppt eben mit Jochen zwei Kisten Bier aus der schief in ihren Angeln hängenden Tür des Getränkestützpunktes, und Dietmar keucht unter der Last eines großen, fettgetränkten Kartons. Ein fleckiger Jutesack, aus dessen Löchern schwarze Holzkohleecken hervorstechen, krümmt sich bereits mit faltigem Bauch am Fuß der Rampe. „Der Genosse Erich Honecker sagte einst anläßlich des fünften Parteitages so treffend: Aus den Betrieben der DDR ist noch viel mehr herauszuholen!“, lästert Freddy. Die Drei haben ihre Lasten abgestellt, Freddy hebt die Tür an und tritt sie sorgsam mit dem Fuß in die rechte Position, um abschließen zu können.

„Wie willst Du denn mit dem Kram wieder die ganze Strecke zurückfahren?“, frage ich. „Keine Sorge“, strahlt er und deutet auf einen leberwurstgrauen Trabi-Kombi, der sich hinter den schiefen Latten des maroden Hoftores langweilt. „Da, mit dem fahre ich! Mit der Kraft der zwei Kerzen!“, und er fingert einen Zündschlüssel aus seiner Tasche.

„Warte, du hast noch den Sack vergessen!“ Ich schleppe die Holzkohle zum Auto. Freddy grinst anzüglich: „Meinen Sack habe ich eigentlich immer dabei! Das Teil hier nennt man bei uns einen 'flexiblen, transportablen Schüttbehälter'." Und er hievt den rußigen Kohlesack auf den Beifahrersitz, wo dieser sich sogleich wieder in seine würdevollen Falten legt. „Vielleicht solltest du ihn noch anschnallen, damit ihm nichts passiert", amüsiert sich Jochen. „Passt ihr drei Jestalten man lieba auf, det se euch nich hopps nehmen im weiteren Valaufe dieses Tares!" berlinert Freddy, um so etwas wie Rührung zu überspielen. Ach ja, der weitere Verlauf dieses Tages... Nicht nur mir wird siedendheiß bei dem Gedanken an die nächsten Stunden...

Ja, das war's dann nun. Schulterklopfen und schönen Dank und Kopf hoch, und dann pöttert er davon, die löcherige Straße entlang, mit der Kraft der zwei Kerzen und mit dem Gewicht der zwei Bierkästen, einen hellblauen Kondensstreifen hinter sich herziehend. Noch ein Winken, dann ist er aus unserem Leben entschwunden. - - - Freddy.

Jochen filmt noch das Schild und das Transparent. Leider ist der Rauchpilz jetzt ganz unscheinbar geworden, völlig unfotogen. Ein Mann in blauer Leinenjacke rattert auf dem Fahrrad vorbei, Schirmmütze auf dem Kopf, abweisendes Gesicht. Zwei Hühner haben mit vorsichtig prüfenden Tritten das offenstehende Hoftor passiert und picken sich jetzt eifrig an den Grasbüscheln des Straßenrandes entlang. Eine Taube fliegt vom Dach des Stützpunktes auf. Ihr Ballast, den sie beim Start in Form einer weißgrauen Kotladung abwirft, klatscht Dietmar genau auf die rechte Schulter. „Na, wenn das kein Glück bringt, die Friedenstaube...", lästert Jochen. Dietmar schimpft wie ein Rohrspatz und wird noch bis Meiningen mit einem Taschentuch an seinem Anorak herumreiben.

Wir fahren weiter, Richtung Ortsausgang. An einem langgestreckten Schuppen halte ich aber schon wieder, denn das Bier von der Hohen Sonne drückt mittlerweile schmerzhaft auf die Blase. Dietmar stellt sich neben mich an die Innenseite einer Mauer, und während wir unser Wasser abschlagen, schleicht Jochen um uns herum und filmt uns von der Seite, wobei er vor Lachen kaum an sich halten kann. „Was soll denn der Blödsinn!“, schimpfe ich los, „wenn Du einen Pornofilm drehen willst, such Dir andere Darsteller!“ Jochen setzt die Kamera ab und deutet prustend auf ein rotes Transparent, das rechts über uns an der rohen, unverputzten Wand der Lagerhalle hängt: „Alles heraus für den Fünfjahresplan!“ Na prima!

Auf dem Rückweg zum Bus muß Jochen noch unbedingt ein grünes Plastikschild filmen, das für das Sauenlockmittel „Taiga“ wirbt: „Nur für Sauen: Taiga flüssig aus reinen, eiweißhaltigen, pflanzlichen Rohstoffen, vollständig abbaubar. Zum Besprühen von Bäumen, Sträuchern und zum Beimischen unter das Kirrmaterial. Taiga, das Sauenlockmittel, stammt aus Sibirien und bringt Ihnen nachweislich den Erfolg, den Sie von einem wirklich guten Sauenlockmittel erwarten können. Erhältlich in Jagdgeschäften.“

Dietmar poliert einen seiner mitgebrachten neuseeländischen Äpfel an seinem Ärmel und meint: „Pfui Teufel, da könnte einem ja weiß Gott der Appetit vergehen!“ - „Ja“, sage ich, „diese Äpfel taugen überhaupt nichts!“

Knallerei in Meiningen

Meiningen hat, obgleich durch seine Lage im Tal etwas beschränkt, eine sehr freundliche Umgebung, und den Promenierenden hemmen in den herrschaftlichen Anlagen weder abweisende Wachtposten, noch drängen sich auf jeden Tritt Warnungstafeln in den Weg, noch auch wandeln spähende Aufseher mit müßiger Behaglichkeit umher. Das kleinliche und peinliche, pedantische Zopfwesen, das sonst kleinere und größere Residenzen charakterisierte, ist verschwunden, konstatiert einer der Nachfolger Reinwalds in der Herzoglichen Öffentlichen Bibliothek zu Meiningen, der Märchendichter Ludwig Bechstein, dreißig Jahre nach Schillers Tod.

Einhundertzweiundachtzig Jahre nach Schillers Tod hemmen heftig knallende Geräusche und erschrockene Passantengesichter unsere Weiterfahrt durch Meiningen. Der Auspufftopf hat die lange Talfahrt im zweiten Gang übelgenommen und ist durchgebrannt. So können wir unmöglich weiterfahren! Mit dem Geböller werden wir jeden Grenzer im Umkreis von mehreren Kilometern alarmieren und so für einen entsprechenden Empfang des ausnahmsweise von Osten herannahenden westlichen Aggressors die Verantwortung tragen.

Fluchend biege ich auf den Platz neben dem klobigen Theatertempel ein, dessen Propyläen uns höhnisch anzugrinsen scheinen, die Säulenreihe wie lange Zähne gebleckt, die protzige Treppe wie eine spöttische Unterlippe geschürzt. Hoffentlich wird da drinnen nicht gerade geprobt! Unsere Donnerschläge würden auch einen Richard Strauss oder Max Reger aus dem

Takt bringen; ja, über so berühmte Stabführer verfügte das Meininger Orchester um die Jahrhundertwende.

Beim Einparken noch eine Salve von Explosionen. Verständnisloses Kopfschütteln einiger Zuschauer, denen die akustische Darbietung des Klassenfeindes offenbar nicht gefallen will. Uns allerdings auch nicht - und mißmutig steigen wir aus. Die geöffnete Motorklappe offenbart, was wir schon wußten: Rings um eines der beiden kurzen Auspuff-Endrohre erschreckt uns ein Löcherkranz, aus dessen schwarzen Tiefen es noch schwach qualmt. „Werkstätten sind heute alle geschlossen“, weiß einer der uns mittlerweile umstehenden Sachverständigen. Alles Männer, natürlich.

„Hier gibt es doch sicher irgendwo Thüringer Klöße“, erwidere ich genervt. „Die eignen sich sehr gut zum Abdichten aller möglichen Dinge. In Suhl habe ich damit mal einen Lokus-Spülkasten repariert!“ Der Gedanke wird begeistert aufgegriffen, und langsam zerfließt unser Ärger in Gelächter. Ernsthaft meint einer der Männer, das sei im Grunde eine prima Idee, aber nach spätestens *fimpf* Kilometern verspröde das Material, zunächst beginne es infernalisch zu stinken und dann dauere es nicht mehr sehr lange bis zum erneuten Auspuffknallen. „Nee, nee, - da hab’ch was besseres“, sagt er und legt die Linke auf die Heckflosse des hellblauen Trabant vor uns. Mit der Rechten öffnet er den Kofferraum, und nach kurzem Kramen kehrt er strahlend mit einer flachen, runden Dose zurück.

„GUN-GUM!“ verkündet er stolz (er spricht es genauso aus!), „das hab’ch von meinem Bruder aus Coburg bekommen!“ - „Gewehr-Gummi? Was sollen wir denn damit?“ fragt Dietmar entgeistert. „Gann heißt Rohr“, sagt Jochen. „Und ist das hier ein Rohr oder nicht?“ Mir ist die klebrige Substanz bestens bekannt; als VW-Fahrer sollte man sie stets dabei haben.

Was für ein Glück! Da sind wir haargenau richtig abgebogen! Umringt von der Volkssolidarität, befeuchte ich meinen Zeigefinger in der Pfütze, die, ebenfalls passend, hinter unserem linken Hinterrad ölig glänzt. Denn ohne feuchten Finger ist die knetgummiartige Substanz nicht aufzutragen. Geradezu liebevoll presse ich die graublaue Masse in den Löcherkranz. Nochmals den Finger anfeuchten, modellieren, glätten, fertig.

Ich drücke den Deckel auf die Dose und reiche sie unserem stolzgeschwellten Retter zurück. Jochen wühlt währenddessen in der Gepäckablage des Busses. Mein Gott, laß ihn nicht einen seiner unsäglichen Kugelschreiber holen, denke ich noch, da ist er schon wieder zurück und schwenkt die große Nordhäuser-Flasche, die uns die Jungs vom Prinzenteich als Dankeschön mitgegeben haben.

Beifälliges Gemurmel, als der so Beschenkte, nachdem er die Gun-Gum-Dose wieder im Kofferraum seines Trabis verstaut hat, ein zierliches Tragegestell mit sechs Schnapsgläschen hervorzaubert. „Das hab’ch vorhin im HO gekauft, als ob’ch was geahnt hätt!“ Die Gläschen werden gefüllt, machen die Runde. So an die zehn Personen werden wir sein; der Flascheninhalt geht sichtbar zur Neige.

Wir nutzen die Gelegenheit, von unserem Vorhaben zu erzählen. Alle, aber auch alle, sind sich einig in der Meinung, das sei das *unvernimpftichste* Vorhaben, von dem sie je hörten. „Lasst die Finger davon," warnt ein langer Jüngling in schwarzer Kunstledermontur, der, an sein Moped gelehnt, unserem Gespräch zugehört hat. „Meinen Bruder haben sie mal festgenommen, nur weil es da in den Wäldern so viele Pilze gibt. Der war erst zwölf Jahre alt; aber fragt nicht, was sie mit dem alles angestellt haben!"

„Schaut euch lieber unsere Stadt an", schlägt einer der Älteren vor. Wir erzählen, daß wir im Frühjahr bereits das Schloß Elisabethenburg besucht haben, mit seinem eindrucksvollen Theatermuseum, daß wir auch das Baumbachhaus besichtigt haben, das die Erinnerung an den Dichter von „Lindenwirtin, du junge" wachhält. Auch den Märchenbrunnen zu Ehren Ludwig Bechsteins haben wir uns angeschaut und die Schillereiche, die Meininger Schiller-Verehrer zum hundertsten Todestag des Dichters aus dem schwäbischen Heimatboden an das Ufer der Werra verpflanzt haben.

„Aber dieses Theater hier hat Schiller nicht kennengelernt?!", fragt Jochen zweifelnd. Wir erfahren, daß das alte Hoftheater im März 1908 abgebrannt sei - „warm abgerissen", verbessert einer der Umstehenden. Wie auch immer: Die Stadt hielt es ohnedies wohl mehr mit Goethe. Obwohl dieser in seiner Eigenschaft als Minister der Stadt nur kurzbemessene

Amtsvisiten abgestattet hat, wurde doch der riesige Meininger Park nach ihm benannt. Denn der herzogliche Hof hatte verständlicherweise von dem suspekten schwäbischen Flüchtling keinerlei Notiz genommen, der unter dem Pseudonym „Dr. Ritter" auf den reichsritterschaftlichen Grund und Boden seiner Gönnerin Henriette von Wolzogen geflüchtet war, wo er sich vor Zugriffen der Fürsten sicher wußte.

Ich habe mich in Begeisterung geredet und erzähle den lauschenden Meiningern Dinge, die sie eigentlich alle wissen und mit zustimmendem Kopfnicken zur Kenntnis nehmen. Etwa, daß der herzogliche Bibliothekar Reinwald dem von ihm so sehr verehrten Dichter das Studienmaterial für die Konzeption des „Don Carlos" aus der herzoglichen Bibliothek in Meiningen beschaffte. Reinwald heiratete später ja Schillers Schwester Christophine, die ihren berühmten Bruder um lange Jahre überlebte und die als Neunzigjährige hier in Meiningen gestorben ist.

Obwohl Dietmar die Augen verdreht und demonstrativ auf seine Uhr schaut, muß ich doch noch loswerden, wie Schiller, der Ruhelose und Gehetzte, seine erste richtige Heimstatt hier in der Landschaft um Meiningen gefunden hat. Tiefer Schnee liegt über dem Land, als der Dichter, nur mit einem dünnen Reisemantel bekleidet, in Bauerbach eintrifft. Nur einige wenige schwache Lichter aus armseligen Bauernhütten. Zwei gemütliche Stübchen im schlichten Wolzogen'schen Gutshaus. Ein armes Dorf. Von finsteren Fichtenwäldern umgeben, liegt Bauerbach in seiner Talsenkung. Ich erzähle von den etwa dreißig verwahrlosten Häuschen, in denen, zusammen mit ihren Haustieren, die Teerbrenner und die Gutstagelöhner wohnen, sowie die wenigen hausierenden Juden, die um ein Schutzgeld hier geduldet werden. Armut, Not und Entbehrung überall!

Die gute alte Zeit gibt es nicht, jedenfalls nicht in den armseligen Hütten der Dörfer! Hier in Bauerbach erlebt der junge Schiller das Glück und die Qualen der Luise Millerin, seiner Hauptfigur aus „Kabale und Liebe“, als er sich in das adelige Fräulein Charlotte von Wolzogen verliebt, in Henriettes Tochter.

Später, nach Mannheim zurückgekehrt, unter drükkender Schuldenlast, vom „kalten Fieber“ den ganzen Winter geplagt, schreibt Schiller an Reinwald: „Halten Sie es für kein leeres Geschwätz, wenn ich gestehe, daß mein Aufenthalt in Bauerbach bis jetzt mein seligster gewesen, der vielleicht nie wieder kommen wird.“

Dietmar verdreht noch immer die Augen. Demonstrativ schaut jetzt Jochen auf seine Armbanduhr. Der Schnaps ist ohnehin alle. Aber einer muß unbedingt noch erzählen, daß er eine Meininger Prinzessin gekannt habe. „Eine reizende alte Dame“, sinniert er, „ganz anders als heute die Leute... so vornehm, so gebildet!“ Keiner widerspricht; so etwas wie Nostalgie macht sich breit. „Das war wohl die,“ will der junge Mann wissen „die als junges Mädchen mal Max Reger gefragt hat, ob seine Fagottisten die Töne mit dem Mund erzeugen! Wißt ihr was Reger geantwortet hat?“ Alles schüttelt den Kopf; wir blicken fragend. „‘Das will ich hoffen!’ hat er geantwortet, ‘das will ich stark hoffen, königliche Hoheit!’“ Und dann erfahren wir, daß der lange Mopedfahrer Stadtbilderklärer in Meiningen ist. Aha, da hätte ich mir das mit Schiller ja eigentlich sparen können! Aber er nickt gönnerhaft und drückt mir eine Broschüre zur Theatergeschichte in Meiningen in die Hand, bevor er sich auf sein Moped schwingt und davonknattert.

Auch wir verabschieden uns, schütteln Hände, nehmen Adressen entgegen, die wir beim nächsten Mal unbedingt besuchen sollen, umarmen den rettenden Gun-Gum-Engel („Zuerscht den Motor nur langsam kommen lassen, damit das Zeug ordentlich aushärtet!"), klettern in unseren Bus und kurven vorsichtig auf die Straße, Richtung Süden, ohne Geknalle.

„Hört Euch das mal an!" liest Jochen aus der Broschüre vor: „Die Zerschlagung des Monopolkapitals und die Übernahme der Macht durch die mit allen anderen demokratischen Kräften verbündete Arbeiterklasse und ihrer revolutionären Vorhut, der KPD und der späteren SED, waren Voraussetzungen für die Entfaltung progressiver humanistischer Traditionen und einer dem Volk verbundenen Theaterkunst..."

„Hört, hört!" höhnt Dietmar, „was sind das doch für Heuchler! Nur, daß dem Volk die Theaterkunst auf der Bauerbacher Freilichtbühne nicht so einfach zugänglich ist!" - „Es kommt noch besser", sagt Jochen und zitiert weiter: „Es galt vor allem, die Kunst von reaktionären Ideologien zu befreien, sie im Kampf für eine bessere Zukunft zu nutzen und breitesten Bevölkerungsschichten zugänglich zu machen:"

„Na bitte," rufe ich begeistert, „was wollt ihr denn? Noch breiter als wir kann ja kaum eine Bevölkerungsschicht sein!"

Kein Ortsschild. Nirgends.

Jetzt wird es allmählich ernst. Nur noch drei Kilometer bis Untermaßfeld. Bis dorthin hat Schiller oftmals seinen Freund Reinwald begleitet, oder sie haben sich hier getroffen, wenn der Bibliothekar neuen Lesestoff aus Meiningen für den Dichter mitgebracht hatte.

Keine Möglichkeit, rechts abzubiegen, so wie es unser Autoatlas vorschlägt. Da gibt es einfach keine Straße. Oder doch - jetzt: Kein Wegweiser zwar, aber ein schmaler Weg, asphaltiert sogar, zweigt nach rechts ab. Ich setze den Blinker, biege ein, bremse ab: rechts und links des Weges die rotumrandeten Durchfahrtverbotsschilder. Darunter der Zusatz: Nur mit Sondergenehmigung. Wir beraten uns kurz, was kann schon groß passieren? Mehr als zurückschicken können Sie uns ja nicht. Ich stecke ein Kaugummi zwischen die Zähne, trockener Hals und so, schlechter Atem, Bierfahne.

Weit kommen wir nicht. Am Wegrand ein Soldat mit Funkgerät. Ich sehe förmlich unsere Daten, die er ernsthaft in sein Mikrofon spricht: Weißer Volkswagenbus, Kennzeichen MR ... „Vielleicht lassen sie uns durch, wenn sie die Aufschrift mit dem Bürgerbus sehen“, beruhigen wir uns; zumindest dürften sie das als originell ansehen. Sie, das sind die Grenzsoldaten - und da stehen sie auch schon: Schlagbaum, bremsen, Motor aus, alles aus!

Ich kapiere ja: kein Landesfürst will als der Arsch in die Geschichte eingehen, dem die Untertanen alle weggelaufen sind. Auch ein Staatsratsvorsitzender vermutlich nicht. Aber das hier geht entschieden zu weit. Zwei Kalaschnikows sind auf uns gerichtet, richtig, diese sowjetischen Schnellfeuergewehre mit den gebogenen Magazinen, die man aus jedem Agentenfilm kennt. Rechts reißt einer die Türe auf, links reißt einer die Türe auf: „Los, los, alles aussteigen, raus hier!" Die Mündungen sind auf uns gerichtet, die Hände brauchen wir aber nicht zu heben. Dietmar kriegt die Schiebetür nicht gleich auf und rammelt wild an dem Türgriff; eine der Kalaschnikows zielt auf ihn. Die haben keine Platzpatronen in den Magazinen.

So mies habe ich mich nicht gefühlt, seit vor Jahren bei einer Baader-Meinhof-Fahndung ein Polizist im zartesten Alter, ein Jüngelchen, ein Himbeertoni in grüner Uniform, mir die Maschinenpistole ins Autofenster geschoben hatte, den vibrierenden Zeigefinger am Abzug. Das war damals eine UZI, israelisches Fabrikat, jetzt stehe ich vor einer Kalaschnikow.

Ich konnte mir unter einem „Bonner Ultra" nie so recht etwas vorstellen. Aber jetzt, vor den eisigen Blicken der grauen Pelzmützen und vor den schwarzen Mündungslöchern fühle ich, daß ich als ein solcher angesehen werde, und meine Nackenhaare sträuben sich bei der Vorstellung des Undenkbaren. Ich fühle förmlich die Einschußlöcher im weißen Blech des Bauerbacher Bürgerbusses. Ganz zu schweigen von den eigenen... Und die bundesdeutsche Zeitung mit den großen Buchstaben wird rotunterstrichen von den drei Märtyrern aus Marburg be-

richten, die dem Terror des roten Unrechtregimes zum Opfer gefallen sind.
Dietmar ist aschgrau im Gesicht. Er sieht aus, als habe er bereits fünf von 25 Jahren Umerziehungslager in Sibirien abgesessen, oder fünf Jahre in Bautzen gerade vor sich. Nur Jochen macht wie immer auf Dummdreist und fragt, warum wir nicht weiterfahren können. Wir seien doch bereits in Herleshausen kontrolliert worden. Und er versucht, die Grenzpolizisten in ein Gespräch über Sinn oder Unsinn dieser Barrikade zu verwickeln, die hier vor uns liegt. Da steht er mit seinen Einsfünfundneunzig und dem verständnislos blickenden Gesicht über seinen Kleiderschrank-Schultern und schaut fassungslos aus Busdach-Höhe auf das alles herab.

Die Grenzer werden zwar nicht freundlicher, aber sie haben jetzt wenigstens ihre Waffen umgehängt und wirken sachlich, nicht mehr so nervös. Ein Offizier, der aus der Baracke kommt, grinst sogar, als er die Beschriftung unseres Busses sieht. „Haben Sie den aus Mitteln von 'Brot für die Welt' finanziert und wollen Sie den der notleidenden Republik zur Verfügung stellen?" Auch das noch: Soll das die Drohung einer Beschlagnahme sein? Zumindest sehr peinlich wäre das, denn die Bauerbacher in Hessen sind doch auf ihren Bürgerbus angewiesen.

„Öffnen Sie bitte beide Heckklappen!", sagt er knapp. Mit der Motorraumklappe können wir dienen, und Dietmar reißt sie eilfertig auf. Aber die Gepäckklappe hat uns schon an der Grenze Probleme bereitet, da keiner der Grenzsoldaten dort glauben wollte, daß man sie auch beim besten Willen nicht öffnen konnte.

Die hessischen Bauerbacher waren nämlich auf die glorreiche Idee verfallen, sie einfach zuzuschweißen, als sie immer stärker zu klappern begonnen hatte und als irgendwann auch noch das Schloß herausgefallen und verlorengegangen war. Daraufhin war ja der Oberstleutnant Schiller erst auf die Idee gekommen, daß bei uns etwas nicht koscher sein könnte, und so hatte er die beanstandete Zeitung entdeckt, die hinter die Lehne des Rücksitzes gerutscht war.

Unser Offizier hier am „Kontrollpassierpunkt zur Sperrzone“ beugt sich herab, kneift ein Auge zu und peilt durch das runde Loch, in dem einstmals das Türschloß gesessen hat. Ratlos fährt er mit dem Finger die Schweißnaht entlang, die weiß überlackiert wurde. „Und wenn Sie zum Beispiel dieses Fahrzeug präpariert hätten als Fluchtfahrzeug...“ Aber er kann keine eingeschweißten Stahlplatten zum Innenraum entdecken, und da der Motorraum und die Reifen völlig ungeschützt sind, gibt er seine Theorie auf, bevor er sie ganz zu Ende entwickelt hat. Und was sollte das auch? So blöd könnte doch eigentlich niemand sein!

Und außerdem: Der antifaschistische Schutzwall soll schließlich den Aggressor aus dem Westen abhalten, nicht die eigene Bevölkerung. Wenn auch die Panzersperren und Gräben genau so ausgerichtet sind, als seien sie wohl doch gegen die eigene Bevölkerung angelegt worden. Und alle Verschraubungen des Stahlgitterzauns befinden sich ausnahmslos auf der Seite des westlichen Aggressors. Doch so weit führen wir die Diskussion lieber nicht. Ich halte ohnehin den Mund, um nicht meine Alkoholfahne freizusetzen.

„Wissen Sie was, meine Herren", sagt er, nachdem er unsere Pässe geauestens durchgesehen und einem seiner Soldaten weitergegeben hat, der damit in der Baracke verschwindet, „wir wollen mal nicht so sein. Wir nehmen jetzt Ihre Personalien auf und dann fahren Sie bitte unverzüglich zurück aus dem Grenzgebiet. Wenn wir Sie hier noch einmal antreffen, wird das sehr unangenehme Folgen für Sie haben! Warum sind Sie eigentlich erst jetzt hier eingetroffen? Wir hatten Sie schon am Vormittag erwartet!"

Aha, die Volkspolizei in Eisenach! Kein Schritt ohne Überwachung. Aber von dem schönen Mädchen in der Eisenacher Volksbuchhandlung erzählen wir nichts, wir erzählen auch nichts von der Hohen Sonne und von dem traurigen Seemann Freddy, der jetzt wohl wieder dort oben zur Gitarre singt. Weit ist der Weg, so weit...

Friedrich Schiller hat für seine Reise von Worms am Rhein bis Bauerbach sieben Tage gebraucht, so wird berichtet. Wir haben eine wegen des Eisenacher Umwegs etwa gleich lange Strecke in - rechnet man die Aufenthalte ab - drei Stunden zurückgelegt. Aber jetzt stehen wir hier. Und wenn wir noch vierzehn Tage stehen, wir werden nicht nach Bauerbach kommen.

Ein Trecker puckert von der Bauerbacher Seite heran und wird nach der Kontrolle am geöffneten Schlagbaum vorbeigewunken. Kein Gespräch, nur ein kurzer Wortwechsel; mit steinernem Gesicht fährt der Bauer grußlos an uns vorbei, würdigt uns kaum eines Blickes. Der Schlagbaum ist schon längst wieder geschlossen.

Wir erzählen, daß wir unsere Zeit in Meiningen verbracht haben und verlegen einfach den Spaziergang vom Frühjahr auf den heutigen Tag. Die Papiere sind wieder da. „Also, meine Herren, lassen Sie sich hier nichts mehr zuschulden kommen, sonst sehen wir uns gezwungen, Sie als Grenzprovokateure anzusehen und Ihnen künftig die Einreise zu verweigern!“ Noch ein prüfender Rundgang um das Auto, dann läßt er uns wieder einsteigen. Über die Kamera, die offen auf dem Rücksitz liegt, hat er kein Wort verloren. Aber auch davon weiß er sicher längst Bescheid.

Und Schiller? Was hätte er zu diesem Vorgang gesagt, der jetzt unter deutsch-akuratem Aktenzeichen in irgendeinem Stasi-Archiv ruht? Er hätte wohl nur resigniert die Schultern gehoben und sich den Versen Justinus Kerners angeschlossen, die jener im April 1849 im Schiller-Haus in Weimar in das dort ausliegende „Schiller-Album“ eingetragen hat: *Du würdest, könnte man dich wecken, / Zu schauen dieses Treiben an, / Erschauern tief und rufen dann: / Jedoch der Schrecklichste der Schrecken, / Das ist der Mensch in seinem Wahn!*

Die Hochzeit

In Untermaßfeld wollen wir uns etwas zu Trinken kaufen, möglichst alkoholfrei dieses Mal, denn wir haben mittlerweile alle drei stechende Kopfschmerzen. Und unser Versuch, in das Sperrgebiet einzureisen, hat uns auch nicht gerade fröhlicher gestimmt.

Vor einem Gasthaus jede Menge geparkter Autos. Trabis, Wartburgs, sogar ein Volvo. Es fällt uns schwer, einen Parkplatz zu finden. Wir steigen die Treppe hinauf, öffnen die Eingangstüre, stehen im Windfang. Nach links die Kneipe. An der Tür ein Schild: Geschlossene Gesellschaft! Gerade als wir mit langen Gesichtern umdrehen wollen, kommt eine Traube von Menschen herausgequollen, festlich gekleidet, lärmend und lachend. Mittendrin der Bräutigam, der uns sofort einlädt, am Umtrunk teilzunehmen. Zunächst aber drängen alle nach draußen, das obligate Hochzeitsfoto ist angesagt.

Wir drücken uns zur Seite, als auf der Treppe eine Menschen-Pyramide für den Fotografen entsteht, das Brautpaar in der Mitte - aber wir werden gnadenlos dazugeholt, und so können die staunenden Kinder und Kindeskinder der Brautleute in vielen Jahren, so sie denn die Bilder mit der Lupe betrachten, unter den festlich gekleideten Menschen drei Männer in westlich-dekadentem Räuberzivil wahrnehmen. Und wenn sie eine besonders gute Lupe haben, sollten sie wohl neben unseren grämlichen Minen auch den Taubenschißfleck auf Dietmars Jacke entdecken können. Die Büroklammer, mit der er seinen Brillenbügel befestigt hat, wird aber wohl selbst dem schärfsten Auge verborgen bleiben, und meine ausgefransten, verbeulten Jeans werden gnädig vom Vordermann verdeckt.

Dann stehen alle um den Bauerbacher Bürgerbus herum und lassen sich unser gerade überstandenes Abenteuer erzählen. Etwas irritiert sind sie schon, denn sie können das mit den zwei Bauerbachs nicht so recht fassen. Erst unser Marburger Nummernschild überzeugt sie dann halbwegs, wenngleich sie den Sinn unseres Tuns bestimmt nicht verstehen, das sehen wir an ihren ratlosen Minen. „Nein, die lassen dort niemanden durch“, sagt einer der Männer. „Selbst für Verwandtenbesuche braucht man eine Sondergenehmigung!“ Er spricht von „denen“ wie von einer feindlichen Macht.

Es hat zu nieseln begonnen, der frühe Novemberabend kündigt sich an. Die Braut, eine hübsche Blasse im Rosenkleide, kommt zu uns herüber. Frierend, die Arme vor der Brust gekreuzt, betrachtet sie staunend unser seltsames Gefährt. Gelächter, als wir von der zugeschweißten Heckklappe erzählen. „Sowas können wir beim Trabi nicht machen, da müssen wir Alleskleber nehmen!“ Die Braut schaut in den Wagen hinein, sehnsüchtig die großen Augen, dunkelblau im schwindenden Tageslicht: „Oh, und allet so jroß da drinne! Damit möchte ick ma nach Italjen fahrn, wa!“ Aha, die Hauptstadt der DDR hat eine ihrer hübschen Töchter in das Grenzgebiet entsandt... Und dann fügt sie hinzu, sich abwendend, fast anklagend: „Ihr wißt wenigstens, wozu Ihr lebt; und was ham *wir* hier?“

Eine Braut an ihrem Hochzeitstag im November des Jahres 1987 in der Deutschen Demokratischen Republik!

Dreiherrenstein

Aus dem Hochzeitsumtrunk ist nichts geworden, da der Aufenthalt an der Grenze uns doch zu viel Zeit gekostet hat und da wir auf dem Rennsteig, bei der Gaststätte Dreiherrenstein, eine Verabredung mit einem Oberförster haben, der uns in vierzehn Tagen bei einer Gruppenwanderung zum Großen Beerberg begleiten soll.

Über Zella-Mehlis fahren wir durch die einbrechende Dunkelheit nach Oberhof hinauf. Nebelschwaden verdichten sich. Am Ortsschild eine große Tafel mit einem Skispringer, darauf in riesigen Lettern, blau in blau im Scheinwerferlicht: „DDR - Staat des Friedens - Freund des Sports", warum eigentlich nicht „Freundin"? Es heißt doch *„die* DDR". Eine Frauenbeauftragte scheint es hier wohl nicht zu geben... aber dafür viele Menschen auf den Gehsteigen, rote Fahnen und Transparente. Und über allem der Koloß des FDGB-Erholungsheims Rennsteig in Form einer überdimensionierten Sprungschanze, deren höchste Spitze sich in Nebel und Finsternis verliert.

Jochen sitzt am Steuer, Dietmar als Beifahrer. Ich lese auf dem Rücksitz, nach vorn über die Lehne gebeugt, laut vor: „Es wuchsen seit 1969: Das Interhotel 'Panorama'. Das Restaurant-Vielerlei 'Oberer Hof'. Superlativ! Größter Gaststättenkomplex der drei Thüringer Bezirke. Es wuchs der FDGB-Riese 'Rennsteig'. Es wuchsen komfortable Bettenhäuser 'Dimitroff' und 'Solidarität'. Es wuchs der Supermonumentalbau des 'Weineck' für die berglufthungrigen Arbeiter aus

Leuna, Schkopau und Bitterfeld. Es wuchsen eine neue polytechnische Oberschule, Kindergartenbungalows. Ein großes Einkaufszentrum mit zu kleinem Angebot. Es wuchsen 290 Familien-Wohneinheiten. Und 280 Einraum-Wohnungen modernen Stils. Es wuchs die Bevölkerungsziffer ... Es wuchs den Gemeindevertretern manch graues Haar..."

Die beiden da vorne lachen. „Bei *den* Erlebnissen hier würde es mich überhaupt nicht wundern, wenn wir ebenfalls über Nacht ergrauten", gibt Jochen zu bedenken. Ein Transparent springt ins Scheinwerferlicht: „Treibt alle Sport!" Die beiden lachen noch mehr.

Und dann fahren wir wieder durch den Wald, der uns schwärzer als der Nebelabend umfängt. Dietmar schimpft: „Das kann doch nicht ewig so weiter gehen mit diesen Staat. Alle meckern herum, aber keiner unternimmt etwas." - „Oh doch, das wird immer so weiter gehen! Die DDR wird in zwei Jahren immerhin Vierzig!", behaupte ich.

„Ich werde in zwei Jahren auch Vierzig", ulkt Jochen, „aber ich fühle mich schon ziemlich schlecht! Wir müssen uns halt mit diesem Staat arrangieren; Erichs Besuch war vielleicht ein neuer Anfang. Und vielleicht wird eines Tages die DDR in die EG aufgenommen, dann sind die Grenzen nicht mehr so wichtig!" - „ In die EG? Warum nicht gleich in die NATO? Die Russen werden denen was husten, ob mit oder ohne Gorbatschow!"

„Selbst ihre Nationalhymne dürfen sie ja nicht mehr singen“, sagt Dietmar. „Auferstanden aus Ruinen... die dritte und vierte Zeile, die Johannes R. Becher damals geschrieben hat, lautet ja *Laß es Dir zum Guten dienen, Deutschland, einig Vaterland!* - „Ach, verschone mich doch mit Johannes Erbrecher!“ murmele ich, ziehe die Beine hoch und kuschele mich unter meinen Parka.

Zweimal verfahren wir uns in der Finsternis. „Was? Sie wollen was wissen? Sie wissen doch immer alles“, sagt einer, den wir in Oberschönau nach dem Weg fragen. „Was wissen wir denn alles?“ - „Na, daß wir faul sind und ewig jammern und alle für die Stasi arbeiten... Was wollen Sie denn noch wissen?“ Dann huschen wieder die weißmarkierten Baumstämme vorbei, scharfe Kurven, es geht wieder hinauf. Beißender Gestank. Eine Müllkippe links vor uns qualmt mit dem aufkommenden Nebel um die Wette, und da entdecken wir auch das kleine Schild, an dem wir zweimal vorbeigefahren sind: Dreiherrenstein.

Ein Waldweg zweigt rechts ab, wieder die roten Kreise der Durchfahrtverbotsschilder, aber dieses Mal mit dem Zusatz „Anlieger frei“. Der Wagen rumpelt langsam die tief ausgefahrenen Rinnen entlang. Gut, daß wir so viel Bodenfreiheit haben! Im Scheinwerferlicht eine Gruppe von Wanderern, zwei Paare, die Regenschirme aufgespannt wegen des Nieselregens, die Plastetüte jeweils in der freien Hand. Nach hundert Metern noch ein Paar, noch zwei Regenschirme, noch zwei Plastetüten.

Als wir den Wagen vor der Gaststätte Dreiherrenstein geparkt haben und unsere steifen Knochen aus seinem Inneren herausbewegen, ist es zehn Minuten nach siebzehn Uhr. Der Förster sitzt neben dem Eingang an einem der rustikalen Holztische, vom Dachvorsprung vor dem Regen geschützt. Unter seinen Füßen liegt etwas Großes, Haariges - ein Tier. Beim Näherkommen: Ein Wildschwein. „Der hat wohl das Sauenlockmittel schon angewendet?!", raunt Jochen uns zu. Was für ein Angeber! Das erlegte Wildschwein als Fußstütze zu benutzen, wohl um uns zu imponieren! Nun ja, wenn man nicht nach Kenia zur Großwildjagd reisen kann...

Alles falsch! Der Förster benutzt das Wildschwein als Fußwärmer, weil er hier draußen auf uns warten muß, da es ein höchst lebendiges und zahmes Schwein ist, das uns sofort beschnuppert. Da drinnen sei es der Sau zu rauchig; Schweine haben ja noch empfindlichere Nasen als Hunde, erklärt er uns, noch bevor wir einander vorgestellt haben. „Göring!", sagt er dann mit einer knappen Verbeugung. Meine Güte, ob der vom Reichsmarschall...? Was der wohl im real existierenden Sozialismus auszustehen haben muß bei diesem Namen... Ich hätte mich längst in „Meier" umtaufen lassen...

Die Wildsau hebt ihren Rüssel, wittert und setzt sich dann in Bewegung auf das Regenschirm-Paar zu, das soeben aus der Dunkelheit auftaucht. Der Mann ist in Sekundenbruchteilen mit einem mächtigen Satz hinter unserem VW-Bus verschwunden. Die Frau bleibt wie versteinert stehen, den Regenschirm über sich, die Plastetüte in der anderen Hand und ruft: „Ogottogott!

Ogottogott!“ Und das nach fast vierzig Jahren Sozialismus! Das Wildschwein grunzt mißtrauisch, wagt sich nicht näher an die eigenartige Gestalt heran, umkreist sie einmal und beginnt dann, mit dem Rüssel in der Erde zu wühlen.

Jochen und Dietmar haben sich mittlerweile zum Förster an den Tisch gesetzt, die Jacken umgelegt und debattieren über das Wanderprojekt, das wir zusammen mit dem Kulturbund realisieren möchten. Natürlich wieder im Rahmen des Kleinen Grenzverkehrs, ohne großes Aufsehen und möglichst diskret, da so etwas offiziell natürlich von den DDR-Organen nicht geduldet wird. Und in unserer westlich-dekadenten Unschuld glauben wir in der Tat, diese und ähnliche konspirative Wanderprojekte im Thüringer Wald, in der Thüringischen Rhön, auf dem Hörselberg, völlig unbeobachtet durchführen zu können. Und wir bleiben auch, außer bei Aktionen wie der heutigen, von den Staatsorganen stets unbehelligt.

Aber wissen - wissen tun die alles! Alle unsere Wege, alle unsere Bekanntschaften sind sorgsam protokolliert und archiviert. Wie gut, daß wir jetzt noch nicht einmal ahnen können, daß die Firma Horch und Greif selbst in Nebel und Finsternis der herbstlichen Wälder ihre Lauscher aufgestellt hat. Meine Güte, müssen wir wichtige Leute sein...

Ich ziehe mich in den dunklen Hintergrund zurück. Beim Pinkeln fällt mein Blick auf die Steinsäule des Dreiherrensteins, die in Nebel und Dunkelheit neben mir aufragt, und ich denke an Jean Pauls Ausspruch, wohl über das ganze Fürstentum hinweg... Aber das schaffe ich dann doch nicht ganz. Ich ziehe den Reißverschluß hoch und taste mich an den dreikantigen Obelisk heran. Mein Feuerzeug flammt auf, schmerzhaft dem klammen Daumen das widerspenstige Drehen des Rädchens.

Meine Hand streicht über den regennassen Stein. Eingekerbt die Buchstaben SG für Sachsen-Gotha auf der einen Seite, SM für Sachsen-Meiningen und KH: Kurfürstentum Hessen. Und dann eine Jahreszahl, kaum leserlich im Licht des Gasflämmchens: 1783! Das fiel mit Schillers Aufenthalt in Bauerbach zusammen! Das Flämmchen erlischt. Meine Hand verweilt auf dieser Jahreszahl, fast zärtlich. Etwas von einer längst schon verlorenen Zeit kann man sicher nur an Stellen wie dieser hier erfahren, in Einsamkeit, Nieselregen und Dunkelheit: Etwa, wenn man verstohlen und sacht einen solchen Grenzstein berührt.

Dreizehn Dreiherrensteine gab es allein auf dem Kamm des Thüringer Waldes. Daraus läßt sich ermessen, wie klein in der Tat diese Herrschaftsgebiete gewesen sind: „Wirft jemand das Petroleum um, dann stinkt's im ganzen Fürstentum!"

Und von all der zweifelhaften Herrlichkeit dieser Fürstentümer blieben nur die protzigen Bauwerke ihrer Residenzen und eine Handvoll Grenzsteine, irgendwo in Nebel und Finsternis, von Gesträuch überwachsen, moosüberzogen... Die Zeit geht nicht, sie stehet still; wir sind es, die durch sie hinziehen!

Und ich schwebe wie Jean Pauls Luftschiffer Giannozzo hinauf und betrachte mir das entrückte Welttheater, das Schillers Karl Moor so trefflich als tintenklecksendes Säkulum beschimpfte, mit den abgeschmackten Konventionen eines schlappen Kastratenjahrhunderts... Hier oben der über die Nachterde hingedeckte Wolkenhimmel, ein rauschendes Nachtluft-Meer, da unten ein morastiges Krebsloch! *Drunten auf meinem zurückgelassenen Meeresboden stieg ein Dieb in eine Kirche ein - unweit davon stieg ein Mönch aus einem Kloster als Selbstdieb heraus - in den Wald liefen Wilddiebe - auf dem Felde Wächter gegen das diebische Wild - ferner Reisende - Sentimentalisten u.s.w.* Alles vorbei, verweht, vergessen; die Geschichtsbücher schreiben nur von den Taten der Fürsten und der Feldherren, aber kaum vom Leben und Sterben der kleinen Leute, von ihren Sorgen und Nöten, von ihren wenigen Freuden und von ihrem ach so kurzen Dasein. Vergessen, verweht...

„Wo bleibst Du denn, Dein Bier wird ganz kalt", ruft mir Jochen zu, der sich ebenfalls seitlich in die Dunkelheit verdrückt hat. Wir treten in die schwache Helligkeit des Eingangsbereiches der Hütte und werden von der gerade angekommenen Vierergruppe lauthals mit „Gut Runst!" begrüßt. Jochen starrt sie an, als haben sie allesamt den Verstand verloren. „Gut Runst!" antwortet Dietmar wichtig. Denn er weiß noch von früher: Das ist hier der Gruß auf dem Rennsteig!

Das Wildschwein liegt dösend unter dem Tisch und würdigt die Neuankömmlinge keines Blickes. Förster Göring, der mittlerweile von unserem Abenteuer informiert ist, hebt das Glas: „Schillers Wort: Auch die Toten sollen leben!"

Nächtliche Begegnung

Durch Nebel und Finsternis tastet sich unser Bus an seinem immer kürzer werdenden Scheinwerferkegel entlang. Jochen fährt. Dietmar hat sich geweigert, da er nachts nichts sehen kann. Und bei Nebel schon gar nicht. Ich kann auch nichts sehen, aber das liegt an den stark belaufenen Fensterscheiben und an den Bieren, die wir im Innern des Gasthauses Dreiherrenstein zu uns genommen haben, um uns wieder aufzuwärmen, nachdem Förster Göring mit seiner Wildsau in der wabernden Finsternis verschwunden war.

Die Heizung im Bus läuft auf voller Leistung, das heißt, wir frieren noch immer. Ich habe mich auf dem Rücksitz zusammengekauert, die Füße mit meiner Jacke bedeckt und höre im Halbschlaf dem Gespräch zwischen Jochen und Dietmar zu, die sich darüber wundern, daß der Förster eigentlich der einzige DDR-Bewohner gewesen sei, der sich heute positiv und freundlich über seinen Staat geäußert habe. „Sogar rauchresistente Fichten wollen sie jetzt pflanzen", schimpft Jochen. „Da fehlt nur noch der Rauchresistente Mensch!" Er stellt das Radio ein. Grauslich. Bruchstücke von Fußball-Nachrichten; ein Funkloch scheint das hier zu sein, Prasseln, Pfeifen, dann klar und laut und sehr berlinerisch Helga Hahnemann: „Ick bün wat alle sind: Een kleenet Menschenkind..." Nach der nächsten Kurve wieder Jaulen, Pfeifen, Prasseln und dann Funkstille.

Ich starre durch das beschlagene Seitenfenster in die wogenden Nebelmassen, die vor dem Scheinwerferlicht zur Seite weichen, um sich noch mehr zu verdichten und dann, mit Dunkelheit verquirlt, in völliger Schwärze zu verschwinden.

Durch den finsteren Wald rumpeln wir, durch fast noch finsterere Dörfer, in denen die wenigen spärlichen Lampen das Dunkel um so greifbarer hervortreten lassen. Und bei uns im Westen? Da ist jede Pißbude mit grünem Neonlicht übergossen, jedes aufgemotzte Fachwerkhaus mit Scheinwerfern angestrahlt, und der Fußballclub des letzten Kuhdorfs leistet sich eine Flutlichtanlage. Dorfdiscos senden Laserstrahlen aus, die an Flakscheinwerfer erinnern. Sie erschlagen die Sternennacht, um betrunkenen Halbwüchsigen den Weg in das kreischende Vergnügen zu weisen, in den Kick und in den Rausch. Und oft genug stehen ihre zitternden Lichterbündel als Menetekel über der plötzlichen Stille nach dem Kreischen der Reifen und dem furchtbaren, endgültigem Krachen eines jähen Wochenend-Todes. Doch cool bleiben und fun haben, die Nacht zum Tage, den Tod zum Erlebnis machen. Tempo, Leben, Aktivität, das ist Deutschland-West!

Wir aber bewegen uns in einer anderen Zeit, in einer anderen Dimension. Der Wagen scheint im Zeitlupentempo dahinzugleiten, nur manchmal ein gedämpftes Rumpeln und Rütteln. Allmählich wird mir warm, und ich schaue in das Nebelgequirle da draußen von fast körperlicher Dichte: Dort... da geht ein Mensch, auch noch auf der falschen Seite. Jochen weicht ganz leicht nach links aus und fährt an ihm vorbei, nicht ganz vorbei jedoch; der Mensch scheint neben dem Bus herzugehen, ohne große Anstrengung - fast, als schwebe er, ein Wirbel aus Nebel und Nacht, neben uns her. Vornübergebeugt geht er, groß und dürr und häßlich; aber doch schaut, wie bei einem Engel Gottes, das Göttliche durch seine altmodischen Kleider. Menschen wie dieser sind sicherlich, so lang die Erde steht, nicht häufig auf den Straßen gegangen; das ist überdeutlich zu erkennen durch die beschlagenen Scheiben hindurch, trotz Nebel und Dunkelheit.

Ich nehme das alles gelassen zur Kenntnis und kuschele mich tiefer in meine Jacke. Und dann sitzt er plötzlich neben mir, kein bißchen verwundert - er kam von draußen herein - auch nicht naß oder außer Atem: Nein, trocken wie ein Filmheld, der gerade den Fluß durchschwommen hat, sitzt er neben mir und auch ich wundere mich nicht.

„Dumm gelaufen, das Ganze“, sage ich nur, „wir wären so gerne nach Bauerbach gefahren, aber die verdammte Grenze... Wir werden uns beim nächsten Mal doch wieder auf Weimar konzentrieren!“ - „Ei, was! Mache Se koi Fehler, es ischt ä Graus, des ewige Weimar mit dene Oberlehrern...“ Er schwäbelt in der Tat entsetzlich. Aber das mit den Oberlehrern verstehe ich nicht, bis er mir klarmacht, daß er diejenigen seiner Verehrer damit meint, die Generationen hindurch einen Schiller-Kultus aufgebaut hatten, der in eine gefährliche Mythisierung des Dichters geflossen war und der ihn wie in einen Sternenhimmel entrückt hatte. Und Generationen dieser Oberlehrer haben Generationen ihrer Schüler mit pathetischen Worten im Namen Schillers in ihre gottverdammten Kriege geführt...

„Nun, unser Jahrhundert war wenigstens kein schlappes Kastratenjahrhundert", wage ich zu entgegnen. „Da seht Ihr ja, was Ihr davon habt, schlimmer geht es Euch als es uns je gegangen ist", ruft die blasse Gestalt neben mir erregt aus und zündet sich eine filterlose Ost-Zigarette an, pestet vor sich hin, sicherlich hat sie auch noch zwei, drei halbverfaulte Äpfel in ihrem weiten Umhang verborgen. Sitzt da wirklich einer der Großen aus dem Olymp neben mir, der verklärte, gefeierte Dichter mit seiner eingeborenen Christus-Tendenz, der nichts Gemeines berühren konnte, ohne es zu veredeln?

Seinen Knaster hat er jedenfalls nicht veredelt, der pestet mir nach wie vor in die Nase, aber es ist eh alles gleich bei meinen Kopfschmerzen. In der Raststätte Herleshausen werde ich versuchen, eine Aspirin aufzutreiben, denke ich bei mir und frage dann: „Stimmt das wirklich, daß Goethe keinen Tabakrauch mochte?" - „Nicht mochte? Tabakrauch war ihm verhaßter als die Syphilis! Bleiben Sie mir bloß mit Goethe fort, dieser Mensch ist mir einmal im Wege und er erinnert mich so oft, daß das Schicksal mich so hart behandelt hat! Der verzehrt da in Italien fürs Nichtstun eine Besoldung von 1800 Talern, und die anderen müssen für die Hälfte des Geldes doppelte Lasten tragen!" Er schwäbelt nicht mehr, aber das liegt wohl daran, daß seine Worte jetzt wie auf Zetteln geschrieben um mich herumflattern, geschriebene Worte auf vergilbten Papieren.

„Denn wenn wir es erlebten, eine Nationalbühne zu haben, so würden wir eine Nation“, steht auf einem der Zettel, der herabgefallen war, sanft leuchtend in den steilen Schriftzügen Schillers. Nun ja, die Nationalbühne haben wir! Wir waren auch schon eine Nation, und in dem Theater von Weimar wurde sogar die Republik eingerichtet. Und vor dem Theater die beiden Dichter als Freunde. „Gegossen aus türkischen Kanonen, die in der Seeschlacht von Navarino erbeutet worden waren“, unterbricht die Gestalt an meiner Seite meine Gedanken. „Ja“, sage ich, „ist das nicht ein Symbol? Das Denkmal, das die Menschlichkeit in ihrer höchsten Erscheinungsform verkörpert, besteht aus Material, das zur Vernichtung von Menschen bestimmt war!“

„Ob Denkmal oder nicht - ich kann immer nur das sein, was Ihr in Euren Gedanken aus mir macht“, murmelt das bleiche Wesen. „Dem Oberlehrer bin ich der strahlende Heros, dem Schüler bin ich vielleicht der Teufel, wenn er meine Verse auswendig lernen soll - auch so eine Bosheit, mit der die Oberlehrer mich quälen! Und für das stille junge Mädchen bin ich vielleicht sogar - und davon träume ich so gerne - der Geliebte, der sich heimlich nach ihr sehnt und dem es mit der zauberhaften Gestalt geht wie jemandem, der lange in die Sonne gesehen hat: Sie steht noch vor ihm, wenn er das Auge längst davon weggewandt. Es ist für jede geringeren Strahlen verblindet. Und ich werde mich wohl hüten, eine so angenehme Täuschung auszulöschen! Und Goethe konnte all dies ausleben bis zur Neige, er war gesund, er war wohlhabend, er war glücklich!“

„Sein Sohn starb vor ihm, auch seine Frau“, wage ich einen weiteren Einwurf. - „Und ich ließ meine Frau und vier kleine Kinder zurück, das jüngste war noch kein Jahr alt - Emilie“, er schluchzt, ungetröstet seit fast zwei Jahrhunderten, und ich werde sehr traurig. Und ich denke an die Verse aus Goethes Harzreise von 1777. Sie klingen, als seien sie für Schiller geschrieben, den Entwurzelten, Verzweifelten, den Unglücklichen mit seinen ständigen Begleiterinnen, der Armut, der Krankheit, der Furcht bis an seinen frühen Tod: *Leicht ist's folgen dem Wagen, / Den Fortuna führt,* hatte Goethe gedichtet und damit den wohlsituierten Menschen *hinter des Fürsten Einzug* gemeint. *Aber abseits, wer ist's? / Ins Gebüsch verliert sich sein Pfad, / Hinter ihm schlagen / Die Sträucher zusammen, / Das Gras steht wieder auf, / Die Öde verschlingt ihn.*

Und dann, die letzte Strophe, buchstäblich auf Schiller verfaßt; ich sehe ihn vor mir, wie er in Dunkelheit und Schneetreiben, nur in den dünnen Reisemantel gehüllt, in Bauerbach eintrifft, frierend, hoffnungslos, verzweifelt: *Aber den Einsamen hüll' / In deine Goldwolken! / Umgib mit Wintergrün, / Bis die Rose wieder heranreift, / Die feuchten Haare, / O Liebe, deines Dichters!*

Die Gestalt neben mir ist wie ein Nebel zerflossen; ein Wölkchen Zigarettenrauch nur schimmert im Licht eines entgegenkommenden Fahrzeugs. „Du sag mal, qualmst Du eigentlich dahinten?“, höre ich Jochens Stimme. „Das ist ja ein furchtbares Kraut!“ - „Ich? Rauchen? - Nein! - Das kam wohl von draußen herein“, antworte ich und höre währenddessen Dietmar lästern: „Das ist sicher wieder eine von diesen brutalen kubanischen Zigarren, die er sich immer reinzieht!“

„Kubanische Zigarren, das wäre schön“, murmele ich und träume gleich weiter, dieses Mal von raschelnden Palmblättern im warmen Wind der tropischen Nächte, vom Mond über der silbernen Lagune und auch vom süßen Duft der Zigarren, die in so bewährter Weise von hübschen karibischen Mädchen gerollt werden, ja so muß es sein, gerade so! Und das Meer rauscht sein ewiges Lied - - - ich träume - - -

Der Bus rumpelt durch die dunkle Nacht dem Grenzkontrollpunkt Wartha entgegen.

Epilog: Der Weg war das Ziel

Ganz genau ein Dutzend Jahre sind vergangen seit unserer Odyssee am Rande des Sperrgebiets. Und es kam, wie ich auf allen unseren Fahrten im Kleinen Grenzverkehr geahnt habe: Heute glaubt uns das alles niemand mehr. Meine sechzehnjährige Tochter, die in ihrem alten Kinderpaß immerhin stolz mehrere Visumstempel der DDR zeigen kann, erinnert sich nur noch an den Ritt zur Wartburg auf Max dem Esel.

Max steht jetzt wieder in der Eselstation; vielleicht ist es sogar noch derselbe. Und vor der Hohen Sonne liegen immer noch die Reste des Sandhaufens; das Gebäude gammelt in bester DDR-Tradition vor sich hin. Aber ansonsten hat sich alles geändert, jedenfalls auf dem Territorium des ehemaligen Arbeiter- und Bauernstaates. Der Sozialismus ist gegangen und Johnny Walker, Aldi, Coca-Cola und McDonald sind längst gekommen in Eisenach und anderswo; die Slapstick-Nummer der Treuhand-Gesellschaft ist gelaufen, wenn auch nicht vergessen; die Geier aus dem Westen haben sich die Filetstücke aus der keinesfalls immer und überall maroden DDR herausgerissen; die verspäteten Demokraten schüren Nostalgie; die Zwingburgen der Staatssicherheit wurden zu Arbeitsämtern umfunktioniert und können die Massen der Arbeitslosen kaum fassen; es kam alles so, wie es DDR-Ideologen ihrem Volk immer als Alptraum, als Fratze des Kapitalismus, an die Bildröhren ihrer Fernseher gemalt haben. Und der Aufschrei Bärbel Bohleys ist schon lange verhallt: „Wie wollten Gerechtigkeit - und es kam der Rechtsstaat!"

Das „Einig Vaterland" ist Wirklichkeit geworden; doch wenn ich ehrlich sein soll: ich habe Bauerbach in Thüringen nur zwei- oder dreimal besucht, gleich nach der Wende. Und es leben so nette Menschen dort, Leute, die mich immer wieder zu den Friedrich-Schiller-Festspielen einladen. Warum läßt sich das nun nicht realisieren, wo doch alle äußeren Hindernisse fortgefallen sind? Warum sind wir uns als Deutsche noch immer so fremd?

Vielleicht gibt Peter Schneiders kleine Geschichte ja Antwort auf diese wie auf viele andere Fragen: *In vierzig Jahren anscheinend keinen Tag gealtert, pocht der Besucher aus dem Osten an die Tür. Ihm öffnet, mit verlebtem Antlitz und grauem Haarkranz, der westliche Verwandte und fragt sich stumm, warum die Zeit keine Spuren im Gesicht seines Bruders hinterlassen hat. Nach einer Weile stellt er jedoch fest, daß der erste Eindruck unvollständig war. Auch der Bruder aus dem Osten hat sich innerlich verändert. Im Sozialismus verging die Zeit anders, wahrscheinlich langsamer, aber sie blieb nicht einfach stehen. Oder mit den Worten eines Gesprächpartners aus der DDR: „Der Kühlschrank war eben unser Milieu!"*

Bewacht wurde dieses Milieu von der 48.000 Personen umfassenden Grenztruppe, die zuständig war für die Sicherung des „Antifaschistischen Schutzwalls" der DDR und deren wichtigste Aufgabe darin bestand, mit Minen, Maschinenpistolen und Selbstschußautomaten die Flucht von Bürgern des eigenen Staates zu verhindern. Auf das Konto dieser Grenztruppen gehen die Toten an der innerdeutschen Grenze, die Schikanen, die unmenschliche Behandlung von Menschen, die nichts weiter wollten, als sich gegenseitig zu besuchen, als sich kleine Geschenke mitzubringen. Ich sehe noch das Reichsbahn-Abteil vor mir, die ängstlichen Gesichter der ausreisenden Rentner, die Uniformierten, die geöffneten Handtaschen. Ich sehe noch die alte Frau, die weinend die Mundharmonika abgeben mußte, die sie ihrem Enkel im Westen mitbringen wollte. Sonst hatte sie ja nichts zu verschenken. Aber Musikinstrumente waren „von der Ausfuhr ausgeschlossen". Was mag wohl aus diesen Grenzern geworden sein? Wie leben sie mit solchen Erinnerungen?

Die Stabilisierung der Grenze war eine Grundbedingung für das Überleben des SED-Regimes. So betrachtet war unsere vergebliche Suche nach Schillers Bauerbach im Herbst 1987 dann doch kein Misserfolg. Wir haben damals Menschen getroffen, wir haben das Luftgemisch geatmet, dem sie ausgesetzt waren und wir haben ein wenig von dem erahnen können, was der DDR-Alltag ihnen antat. Wir sind Zeugen geworden; der Weg war das Ziel.

Und manchmal wache ich nachts auf und frage mich, was Freddy wohl jetzt macht und wie es ihm nach der Wende wohl ergangen sein mag. Und der dunkle Engel von Eisenach, die blasse Braut im Rosenkleide, wo sind sie jetzt?

G. K.
im November 1999

Inhalt